Karl, Fritz Brentano

Nur Amerikanisch : Schwank in vier Aufzügen

Karl, Fritz Brentano

Nur Amerikanisch : Schwank in vier Aufzügen

ISBN/EAN: 9783744667678

Hergestellt in Europa, USA, Kanada, Australien, Japan

Cover: Foto ©Andreas Hilbeck / pixelio.de

Weitere Bücher finden Sie auf **www.hansebooks.com**

Nur Amerikanisch.

Schwank in vier Aufzügen

von

A. Karl und Fritz Brentano.

Berlin, 1884.

Personen.

Christoph Balder, Großkaufmann.
Ellen, seine Tochter.
Mary Gordon, Wittwe, seine Nichte.
Ritsche, Disponent bei Balder und Verwalter einer Gordon'schen Besitzung.
Heinrich Panter, Correspondent bei Balder.
Hermann von Wildau.
Balduin Stubbs, Hausmeister der Wittwe Gordon.
Luise Biesche, Dienstmädchen bei Balder.
Nero Weiß, Mohr der Wittwe Gordon.

Comptoiristen. Hausdiener.

Erster Aufzug.

(Eleganter Salon im Hause Balder's mit Mittel- und Seitenthüren, welche bekränzt sind. Ueber der Mittelthür zwei amerikanische Fahnen.)

1. Scene.

Balder. Ritsche. Panter. Ellen. Luise. Comptoiristen u. Hausdiener.

Die Comptoiristen und Hausdiener nehmen den Hintergrund der Bühne ein. Sie sind theils im Rock, theils im Frack, aber alle schwarz und mit weißen Halsbinden und Handschuhen. Panter und Ritsche stehen vorn rechts. Panter in schwarzem Rock, Ritsche im Frack ꝛc. Luise lehnt in geziert-vornehmer Haltung rechts an einem Pianoforte und blättert in den Noten. — Wenn der Vorhang aufgeht, kommen Balder und Ellen von links. Ersterer im Frack, weißer Halsbinde und weißen Handschuhen. Ellen ist entsprechend festlich gekleidet.

Balder (im Auftreten). Guten Morgen, meine Herren!
Alle (unisono). Guten morgen, Herr Prinzipal!
Ellen. Guten Morgen!
Alle (unisono). Guten Morgen, Fräulein Balder! (verneigen sich)
Balder (reicht Ritsche die Hand). Freue mich, daß alles pünktlich da ist! Pünktlichkeit ist die erste geschäftliche Tugend. Pünktlich sein ist amerikanisch, denn time is money! Nicht wahr, Herr Ritsche?
Ritsche (anfangs der Vierzig. Gegen Balder und Ellen stets süßlich und bescheiden). Sehr — sehr richtig, Herr Balder.
Balder (wichtig thuend und schwatzhaft — sich einige Male räuspernd). Meine Herren! Der Zweck Ihres Daseins oder vielmehr Ihres Hierseins — oder noch besser gesagt Ihrer Gegenwärtigkeit dürfte Ihnen schon einigermaßen bekannt sein, denn dergleichen bleibt ja niemals ganz verschwiegen! (sich räuspernd) Meine Herren, wenn ich heute das Comptoir auf einige Stunden verödete und Sie im Festgewande hierher citirte, so ist dies, weil ich Sie ersuchen möchte, hier Spalier zu stehen, (räuspernd) das heißt, mich zu unterstützen beim Empfang meiner Nichte, der verwittweten Frau Mary Gordon aus New-York, die heute nach Europa zurückkehrt und in meinem Hause vorläufig absteigt.

1*

Alle (unisono). Sehr angenehm!

Balder (mit einer energischen Handbewegung). Bitte keine unnützen Reden! Sie sind mir ein Gräuel — die Reden — nicht Sie, meine Herren. Ich wünsche den Empfang meiner Nichte so feierlich als möglich zu gestalten, denn sie kehrt als Amerikanerin zurück und Sie wissen, ich liebe das Amerikanische. Ich bin ein großer Verehrer amerikanischer Verhältnisse, namentlich aber amerikanischer Geschäfts= prinzipien, weil ich diese für die allein richtigen Prinzipien des Kauf= manns halte. Sie wissen, meine Herren, daß mein Bestreben von je darauf gerichtet war, meiner Bewunderung der amerikanischen Praktiken dadurch Ausdruck zu geben, daß ich vor Allem selbst praktisch wurde, was leider durchaus keine Eigenschaft der Deutschen ist. Ich habe mich bestrebt, in meinem Hause Alles nach amerikanischem Muster einzurichten und den deutschen Zopf aus demselben zu ver= bannen. Wissen Sie das, meine Herren?

Alle (unisono). Ja wohl, Herr Prinzipal! Wir wissen es.

Balder. „Jawohl"! genügt schon, der „Prinzipal" ist über= flüssig — „wir wissen es" ist zu viel! Immer hübsch sparsam mit den Worten, meine Herren! Ich liebe das viele Worte machen nicht, weil es nicht amerikanisch ist. Haben Sie mich jemals lange Reden halten hören? Nein, Sie haben es nicht! Darum, meine Herren, fasse ich mich auch heute Ihnen gegenüber so kurz und sage Ihnen nur, daß meine Nichte in meinem Hause absteigt. In demselben Hause, meine Herren, aus welchem sie einst ihr Gatte, der Amerikaner Gordon, über das Meer führte. Verstehen Sie wohl, meine Herren! Wir — ich sage wir, da ich Sie daran theilnehmen lasse, — wir werden die Ehre haben, heut (bedeutend) eine freie Amerikanerin hier unter uns zu begrüßen! Meine Herren, ich hoffe, Sie werden diese Ehre zu schätzen wissen.

Alle (unisono). Jawohl, Herr Prinzipal! Wir wissen sie zu schätzen. —

Balder. „Wir wissen sie zu schätzen", ist zu viel. „Jawohl" genügt, meine Herren. Sie wissen, ich liebe das amerikanische und der Amerikaner sagt nur „well!" höchstens „very well!" Doch jetzt, meine Herren (er sieht nach der Uhr) erlauben Sie, daß ich die Empfangs= ceremonie näher erläutere. Sie, meine Herren, bilden Spalier, so wie Sie es seit voriger Woche mit Herrn Ritsche geübt haben. Bitte, bilden Sie mal Spalier.

Alle (bilden Spalier, so daß die Mittelthür frei bleibt, Ritsche kommt nach links, Panther nach rechts vorn).

Balder. Gut, sehr gut, und jetzt können Sie gehen. Nur die

Herren Ritsche und Panter bitte ich, noch einige Augenblicke zu verweilen. (Die Comptoiristen ab.)

Balder (ihnen nachrufend). In einer Stunde erwarte ich Sie also wieder hier, meine Herren, um Spalier zu bilden. Adieu einstweilen! Alle (im Abgehen). Adieu, Herr Prinzipal! (ab d. d. Mitte.) Luise (ihnen nach). Moderato, meine Herren, gehen Sie moderato. Bälder (nachrufend). Luise, das Frühstück wird doch zur rechten Zeit fertig sein?

Luise. Das Roastbeaf fängt bereits piano an zu braten und die Kartoffeln werde ich noch forte kochen lassen. Auch für das Uebrige ist gesorgt. Die Eier, wie befohlen, zur Hälfte in Dur, zur Hälfte in Moll, Herr Balder. (ab d. d. Mitte).

2. Scene.

Balder. Ellen. Panter. Ritsche.

Balder (verblüfft). Das Frauenzimmer ist wohl übergeschnappt? Ellen (lachend, am Klavier). Nein, Papa! Sie studirt nur Musik. Du hast ja Deinen Leuten empfohlen, sich durch Lectüre nach amerikanischen Mustern zu bilden. Luise hat ein Buch gelesen über die Stellung der Frauen in Amerika. Seitdem studirt sie Musik, um eine andere Stellung in der Gesellschaft einnehmen zu können.

Balder (nachdenklich). So, so! (dann schnell) Na ja, von ihrem Standpunkte hat sie nicht Unrecht; es ist ein strebsames Völkchen drüben und das zähe Festhalten am Althergebrachten ist nur deutsch! (er wendet sich zu Panter) Herr Panter!

Panter (immer etwas verlegen und linkisch. Er spricht öfter im kaufmännischen Briefstyl, ohne carrirt zu sein und macht einen durchaus liebenswürdigen Eindruck). Herr Prinzipal?

Balder. Was Sie betrifft — aber, mein Gott, Sie haben ja keinen Frack an! Das geht absolut nicht. Sie müssen einen Frack anziehen.

Panter (sehr verlegen). Wenn — wenn Sie meinen — Herr Prinzipal! Das heißt ich — ein Frack —

Ellen (für sich). Der gute Mensch. Er hat sicher keinen.

Balder. Frack ist unerläßlich, um so mehr, als Sie die Ehre haben, die Begrüßungsanrede an meine Nichte, eine freie Amerikanerin, zu halten. Aber englisch — selbstverständlich — englisch.

Panter (verlegen). Englisch? Hm. Sollte Ihre Frau Nichte als Deutsche —

Balder (einfallend). Papperlapap. Meine Nichte hat in Amerika jahrelang nur ausschließlich mit amerikanischen Familien verkehrt, folglich spricht und hört sie jetzt lieber Englisch als Deutsch. — Sie sind bei mir als englischer Correspondent engagirt und müssen also auch die englische Begrüßungs=Anrede halten können. Na, schießen Sie mal los! Was werden Sie ungefähr sagen?

Panter. Was ich sagen werde — o — ich — natürlich werde ich etwas sagen von —

Balder. Ja, sagen müssen Sie allerdings etwas, wenn Sie eine Anrede halten wollen. Aber ich sehe schon, das geht nicht so ohne Weiteres. Also notiren Sie sich die Geschichte erst ein Bischen, und ziehen Sie vor allen Dingen einen Frack an. Dann kommen Sie wieder hierher, und wir halten eine kleine Probe ab. Meine Tochter kann dabei die Amerikanerin vorstellen. Nur immer praktisch!

Ellen. Ich, Papa?

Balder. Du, ja Du. Nur keine Umstände und Weitschweifig= keiten. Lieb' ich nicht! Sind echt deutsch! Ich aber verehre das Amerikanische. (zu Panter). A propos, Herr Panter, da fällt mir ein — wie oft muß ich Ihnen noch sagen, Sie sollen in Ihren deutschen Briefen sich der neuen Ortographie — ohne H — befleißigen.

Panter. Werde nicht ermangeln, Herr Prinzipal.

Balder. Das hoffe ich! Immer ohne H! Das ist kürzer, knapper und spart Zeit und Tinte. Aber, Sie können von dem alten Zopf nicht lassen.

Panter (verlegen). Die Macht der Gewohnheit, Herr —

Balder (einfallend). Ah pah. Larifari. Wenn Sie 's nicht behalten können, so machen Sie 's, wie ich schon mehrmals sagte. So oft Sie ein Wort denken und sprechen, wo das H hinaus muß, sagen Sie sich in Gedanken dabei, ohne H. Z. B. „Heirath" ohne H, das heißt hinten, vorn kann sie 's behalten. Haben Sie das verstanden?

Panter. Theile — ohne H — Ihnen ergebenst mit, daß ich bethätigt — ohne H — sein werde, mich Ihren Wünschen zu fügen.

Balder. Hochachtungsvoll und ergebenst u. s. w. (mit einer verabschiedenden Bewegung). Ich habe die Ehre — —

Panter (einfallend). Ohne H — Gestatten Sie den Ausdruck meiner wärmsten Verehrung — ohne H —

Balder. Mit der ich verbleibe u. s. w. Adieu! (zu Ellen.) Sag 'mal, Ellen — (er tritt zu ihr und spricht leise weiter mit ihr).

Panter (zu Ritsche etwas leise). Indem ich Sie um Entschuldi= gung bitte, Herr Ritsche, erlaube ich mir die ganz ergebene Anfrage, ob Sie nicht im Stande sind, mir mit einem Frack auszuhelfen?

So viel ich mich erinnere, besitzen Sie deren zwei. Sie dürfen fest versichert sein, daß ich zu Gegendiensten —

Ritsche. (ärgerlich). Lassen Sie sich ihn von meiner Wirthin geben; aber daß Sie mir vorsichtig damit sind. Ich verborge meine Sachen nicht gern!

Panter. Sie werden keine Ursache zur Klage haben, Herr Ritsche. Gestatten Sie die Versicherung meines wärmsten Dankes! Ich werde Ihre Wirthin, ohne H, darum bitten. (verbeugt sich vor Balder u. Ellen, b. d. Mitte ab.)

3. Scene.

Balder. Ellen. Ritsche.

Ritsche (zu Balder). Wenn es gestattet ist an diesem Tage eine geschäftliche Angelegenheit zu erörtern —

Balder. Ist immer gestattet! Sie wissen, das Geschäftliche ist das, was wir nie und unter keinen Umständen außer Acht lassen dürfen. Es ist —

Ritsche. Amerikanisch — verstehe! Die Lieferungsgeschichte drängt; das Direktorium der Bergbau=Aktien=Gesellschaft hält heute eine Sitzung ab, um endgültig über die Sache zu berathen. Ich halte es für praktisch, dem Ingenieur der Gesellschaft vorher nochmals meine Aufwartung zu machen.

Balder. Hm! Ich verstehe! Eine „klingende" Aufwartung! Würden 500 Mark vorläufig genügen, um diese Unterredung zu einer wirksamen zu machen?

Ritsche. Vorläufig — ja!

Balder. So entnehmen Sie das Geld aus der Kasse, und lassen Sie es als eine Gratifikation für sich buchen. Verstehen Sie!

Ritsche (lauernd). Eine Gratifikation für mich?

Balder. Nun ja! Wir können doch unmöglich Bestechungs... Hm! Hm! Gelder buchen lassen, die —

Ritsche. Nein, allerdings nicht.

Ellen (erschreckt). Aber Papa, Du willst doch nicht etwa Beamte bestechen! Das ist ja —

Balder. Unsinn! Beamte bestechen! Wir machen ein Privatgeschäft mit einer Privatgesellschaft und ein Ingenieur ist kein Beamter! Ueberhaupt, mische Dich nicht in derartige Angelegenheiten! Das verstehst Du nicht — das ist amerikanische Praxis!

Ritsche (süßlich). Ja, mein Fräulein, echt amerikanisch! Allerdings auch in Deutschland wirksam!

Ellen (gereizt zu Ritsche). Es ist nicht hübsch von Ihnen, Herr Ritsche, daß Sie Papa immer in seiner Vorliebe für überseeische Verhältnisse und noch dazu für solche, bestärken.

Ritsche. Aber, mein bestes Fräulein —

Ellen (unwillig). Ach was, ich bin nicht Ihr bestes Fräulein!

Balder (streng). Ellen, was fällt Dir denn ein? Dieser Ton —

Ellen. Nun ja, Papa! Immer sagst Du, wenn Dir etwas nicht gefällt, verächtlich: das ist deutsch — echt deutsch! Ich aber muß Dir endlich auch einmal sagen, daß gerade Deine Vorliebe, ja Schwärmerei für das Fremde — das Amerikanische, auch deutsch — echt deutsch ist. Denn es ist ja leider eine der lächerlichsten Eigenthümlichkeiten der Deutschen, daß sie alles Fremde bewundern — fremden Nationen Weihrauch streuen und dafür auf so vieles Einheimische mit Verachtung blicken, um das andere Völker uns zu beneiden alle Ursache hätten. Diese aber hüten sich es zu thun, das läßt ihr Stolz, ihr Patriotismus nicht zu — und am wenigsten bei Deinen gepriesenen Amerikanern.

Balder (verblüfft). Wie — was ist denn das? Du weisest mich zurecht — Du hälst Deinem leiblichen Vater eine Moralpredigt, ungezogenes Mädchen? Das ist ja geradezu —

Ellen (einfallend). Amerikanisch! Ja, Papa, ich weiß ganz genau, daß drüben, in dem Lande Deiner Schwärmerei, die „freie Amerikanerin" — Deine eigenen Worte — sich nicht zu scheuen braucht, auch einmal ihre Meinung frei und offen zu äußern. Aber ich weiß auch, daß ein „freier" Amerikaner — Deine eigenen Worte — sich nie geftatten wird, eine Dame, und wäre diese Dame auch seine eigene Tochter, in Gegenwart eines Dritten „ungezogenes Mädchen" zu nennen. Habe ich nicht Recht, Herr Ritsche?

Ritsche (hustet verlegen). Hm — allerdings — das heißt — ja die Stellung der Damen ist da drüben etwas emancipirt.

Ellen (spöttisch). Hörst Du, Papa! Also bitte, sei auch mir gegenüber ein wenig — amerikanisch!

Balder (ärgerlich-hustend). Unsinn! Dummes Zeug! Habe nie etwas davon gehört, aber es kann sein und schließlich ist es ja auch ein ganz richtiges Prinzip, daß die Kinder höflich gegen ihre Eltern —

Ellen (schnell). Und die Eltern höflich gegen Ihre Kinder sind!

Balder (verlegen). Jawohl, ja! höflich gegen ihre Eltern sind.

4. Scene.

Vorige. Panter.

(Panter durch die Mitte, er trägt einen, besonders oben an den Schultern sehr engen Frack, weiße Halsbinde, weiße Handschuhe und ein Blatt Papier in der Hand.)

Panter. Erlaube mir Ihnen ergebenst anzuzeigen, daß ich in Folge Ihrer werthen, ohne H, Ordre das Gewünschte nunmehr zu Ihrer gefälligen Disposition stelle.

Balder. Mit Achtung zeichnet, u. s. w. (bemerkt den engen Frack.) Alle Hagel! Der Frack paßt Ihnen sehr genau.

Ritsche (leise zu Panter). Nehmen Sie sich gefälligst in Acht mit dem Kleidungsstück.

Panter (leise zu Ritsche). Ich werde mich sehr in Acht nehmen.

Balder. So! Nun legen Sie mal los mit der Ansprache; Ellen komm hier herüber! (er steht links,) Und Sie stehen dort! (zeigt nach vorn rechts.) Komm' Ellen!

Ellen. Aber, Papa!

Balder (ärgerlich). Komm! sage ich! und halte uns nicht unnütz auf. Oder willst Du es verantworten, wenn Herr Panter stecken bleibt?

Ellen (lachend). Nein, nicht um alle Schätze der Welt! Dann komme ich schon lieber. (geht hinüber und nimmt den von Balder bezeichneten Platz ein.)

Panter (steht verlegen in sein Manuscript). So erlaube ich mir denn —

Balder. Machen Sie keine lange Vorrede und schießen Sie los. Aber wenn ich bitten darf, mit 'nem Bischen Ausdruck und vor allen Dingen mit Action! Action ist bei derartigen Vorträgen die Hauptsache.

Panter. Ganz wie Sie befehlen! (sich räuspernd.) Dear mistress! You —

Balder. Mein Gott, warum schauen Sie mich denn dabei an? (auf Ellen deutend.) Hier steht die mistress, die Sie anreden sollen!

Panter. Ganz wie Sie befehlen! (zu Ellen gewendet.) Dear mistress! You see us all in high excitement —

Balder. Nein, nein, das geht nicht! Mein Gott, Sie stehen ja da, als ob Sie einen Besenstiel verschluckt hätten! Heben Sie doch wenigstens bei „high" den Arm hoch. (Er macht es ihm mit Uebertreibung vor.) Sehen Sie, so!

Panter. Ganz wie Sie befehlen! (Er hebt den Arm sehr hoch.)

Ritſche (drückt ihm heimlich denſelben herab, leiſe). Nicht ſo hoch, nicht ſo hoch, wenn ich bitten darf! Sie zerſprengen mir ja den Frack.

Panter (wiſcht ſich die Stirne). Dear mistress! You see us all in higſ —

Balder. Action! Action! Den Arm höher!

Panter (faſt weinerlich). Sehr wohl, Herr Prinzipal!

Ritſche (ſchnell und leiſe). Daß Sie ſich nicht unterſtehen, ſonſt ziehen Sie ſofort meinen Frack aus!

Panter (verwirrt). Sehr wohl, Herr Prinzipal — nein, Herr — ach, ſo! (er verſucht während des Folgenden ängſtlich die gewünſchte Bewegung zu machen, wobei Ritſche ihm jedesmal den Arm wieder niederdrückt.) Dear mistress! You see us all in high excitement — the — the — (für ſich) o Gott, dieſe Angſt!

Balder. Na, ja! Nun bleiben Sie gar ſtecken! Die Blamage fehlte uns noch!

Ellen (ſchnell). Du unterbrichſt Herrn Panter zu oft, Papa. Das muß den beſten Redner verwirren.

Balder. Er iſt aber kein beſter Redner.

Panter (für ſich). Das weiß der liebe Gott.

Ellen. So geht das nicht, Papa. Ich habe übrigens auch nicht länger Zeit, da ich noch Vorbereitungen für Mary's Empfang zu treffen habe. Du wirſt jedenfalls anderweitige Geſchäfte haben, alſo laſſen wir Herrn Panter hier allein, wo er ſich vor dem großen Spiegel ſeine Rede ein wenig einüben mag. So wird ſich die Sache ſchon machen. Nicht wahr, Herr Panter?

Panter (verlegen). Ganz gewiß, mein Fräulein! (für ſich). O, dieſe Theilnahme — ohne H.

Balder. Mir auch recht! Alſo geben Sie ſich Mühe, Herr Panter. Sie ſind ein ſo trefflicher engliſcher Correſpondent, zum Kukuk, da kann Ihnen doch auch die engliſche Rede nicht ſchwer fallen. Komm, Ellen.

Ellen (neckend zu Panter). Ein klein wenig können Sie den Arm ſchon höher heben, Herr Panter!

Panter. O, wenn Sie befehlen, mein Fräulein!

Balder. Und thun Sie um Gotteswillen nicht ſo, als ob Sie in einer Zwangsjacke ſtäcken. (ab mit Ellen.)

Panter (für ſich). Zwangsjacke — o Gott ja — Zwangsjacke.

Ritſche. Daß Sie ſich ja nicht einfallen laſſen, mit den Armen ſo herumzufuchteln, als ob Sie Fliegen fangen wollten. Herr Balder hat gut reden, Sie ſtecken nicht in ſeinem Frack. Ich liebe nicht, daß meine Kleidungsſtücke, die ich aus Gutmüthigkeit verleihe, platzen.

Panter. Herr College —

Ritsche (grob). College hin, College her! die Naht —

Panter (leise). Ohne H.

Ritsche. — hat vorhin schon ganz bedenklich gekracht. Die Zappelkasperei gefällt mir nicht, und höre ich das verdächtige Krachen nochmals, dann ziehen Sie den Frack ohne Gnade und Barmherzigkeit aus! Das merken Sie sich! (ab d. d. Mitte)

5. Scene.

Panter, dann Hermann, v. Wildau.

Panter (besieht sich im Spiegel und schüttelt den Kopf). Ich befinde mich da in einer recht netten Situation. Balder und Ritsche! Scylla und Charybtis! Aber er hat nicht so unrecht, die Naht krachte wirklich, ich hörte es auch. Was machen? Ach, und dazu der Kampf, den ich in meiner Brust kämpfe! O, Ellen, Ellen, wenn Du wüßtest! (er probirt die Bewegungen vor dem Spiegel). Dear mistress! You see (murmelt leise weiter).

Hermann (d. d. Mitte. Etwas reduzirte Kleidung, aber nicht etwa schäbig. Das Mädchen sagte mir, ich möchte moderato hier eintreten. (erblickt den mit den Händen fechtenden Panter) Nanu, was ist denn das für ein sonderbarer Herr? Scheint schwedische Heilgymnastik zu treiben. (Panter dreht sich um.) Alle Wetter, Heinrich! Du? Alter Junge, wie geht Dir's!

Panter (freudig überrascht). Hermann, lieber Freund! Wie kommst Du denn hierher? (umarmt ihn).

Hermann. Davon nachher! Was machst Du hier im Hause?

Panter. Ich bin hier angestellt als Correspondent.

Hermann. So, ich dachte als Fechtmeister.

Panter (befremdet). Fechtmeister? Wie kommst Du darauf?

Hermann. Du machtest vorhin, als ich eintrat, so sonderbare Bewegungen. (copirt ihn) Was bedeutet das?

Panter (verlegen). Ach so — davon nachher! Aber Du — was willst Du hier?

Hermann. Ich, lieber Junge? Ich will mich um die Correspondentenstelle bewerben, die Dein Prinzipal ausgeschrieben hat.

Panter. Du? Mein Gott, Du bist doch ein Studirter und kein Kaufmann.

Hermann. Ach, alter Freund, den Studirten habe ich längst an den Nagel gehängt. Das Warum ist nicht sehr erbaulicher Natur, und Du sollst es ein anderes Mal hören. Seit einiger Zeit habe ich mich der Photographie in die Arme geworfen, der milden Mutter aller verkannten Genies und sonstigen Bummler. Aber sie hat zu Viele zu ernähren — es geht über ihre Kräfte! Darum will ich versuchen, die Correspondentenstelle zu erhalten.

Panter. Du scheinst Dir das leichter vorzustellen, als es in der That ist.

Hermann. Na, soviel habe ich doch studirt, daß ich Briefe schreiben kann! Ich kann sogar lateinisch correspondiren.

Panter. Lateinische Briefe? Die kommen nie vor.

Hermann (mit Humor). Nicht? Schade. Ich habe mir gerade davon einen besonderen Effekt bei Deinem Prinzipal versprochen.

Panter (unwillkührlich tief seufzend). Du wirst die Stellung wohl nicht erhalten, Hermann.

Hermann. Das ist nicht angenehm für mich, aber Du brauchst deshalb nicht so herzbrechend zu seufzen, guter Junge! Ueberhaupt finde ich Dich so melancholisch — so kopfhängerisch. Fehlt Dir Etwas?. —

Panter (seufzend). Ich würde Dir sehr gern meine eigene Stellung überlassen, denn Hermann, (ausbrechend) ich kann ja nicht bleiben, ich muß meine Entlassung fordern.

Hermann (erstaunt). Warum denn?

Panter (mit Gefühl). Dir kann ich's ja sagen, denn Du warst immer mein Freund. (zu ihm tretend und seine Hand fassend.) Hermann, ich kämpfe einen Kampf in meinem Innern.

Hermann (erstaunt herausplatzend). J, was Du sagst.

Panter. Ja, Hermann! Und, was das Schlimmste ist, — ich kann diesen Kampf in meinem Innern nicht weiter kämpfen! Ich kann es nicht!

Hermann (gemüthlich ironisch). Na, warum denn nicht?

Panter. Siehst Du, Hermann, sie ist so freundlich, so gütig gegen mich, zeigt so viel Theilnahme — ohne H — Darum kann ich den Kampf in meinem Innern nicht weiter kämpfen. Wäre Sie grausam, kalt und stolz, dann, Hermann, dann wäre es mir ein Leichtes! Aber so nicht, denn sie ist die verkörperte Sanftmuth — ohne H.

Hermann. Sie? Wer?

Panter. Ellen, die Tochter meines Prinzipals. (er seufzt sehr tief.)

Hermann. Ach so, Du bist verliebt.

Panter. Doch, entschuldige mich, ich muß mich sammeln. Heute kommt nämlich eine amerikanische Wittwe, die Nichte unseres Chefs hier an und die soll ich begrüßen, — englisch und mit Action.

Hermann. Ah, nun begreife ich. (macht die Armbewegungen Panters von früher nach). Und wann kommt diese Nichte?

Panter. Sie muß bald kommen. Wie weit ist es an der Zeit?

Hermann (achselzuckend). Lieber Freund, Du weißt, die Uhr schlägt keinem Glücklichen.

Panter. Ach, so! Ich verstehe! Deine schöne goldene Uhr —

Hermann (einfallend). Ist mir auf die dummste Weise abhanden gekommen. Gestern Abend flanire ich aus langer Weile auf dem Perron des Centralbahnhofes und gerathe plötzlich in ein großes Gedränge, welches in Folge des Einlaufens des Achtuhrzuges entstand. Da bemerke ich, wie zwei freche Patrone eine distinguirt aussehende, tief verschleierte Dame belästigen. Na, Du kennst meine angeborene Galanterie — ich bot natürlich der Dame den Arm und geleitete sie auf die Straße. Dort banden die beiden Burschen, welche uns gefolgt waren, nochmals mit mir an — wir gerathen in einen Wortwechsel und als ich mich nach Beendigung desselben nach der Dame umsehe, war sie verschwunden, und wie ich beim Nachhausekommen bemerke, leider auch meine schöne Uhr, das Einzige was ich aus dem Schiffbruch unseres Vermögens gerettet hatte. Natürlich war das Ganze eine abgekartete Sache. Die Person war mit den Beiden im Einverständniß und ich fiel auf den Schwindel hinein.

Panter (entzückt). Die Geschichte ist reizend! Du bist ein famoser Kerl! Daß mir so etwas nie einfällt, wenn ich meine Uhr versetzt habe.

Hermann. Versetzt — Du glaubst —?

Panter (ruhig). Na, natürlich!

Hermann. Ach, Unsinn! (ärgerlich.) Ich wollte, ich hätte sie versetzt! Doch genug davon! Mit meiner Vorstellung bei Deinem Prinzipal werde ich wohl heute wenig Glück haben und bis morgen kommt mir vielleicht ein Anderer zuvor.

Panter. Na, vielleicht findet sich doch noch ein Augenblick, ehe die Amerikanerin ankommt, wo Du ihn sprechen kannst. (reckt sich.) Ach, wäre ich nur erst diese Zwangsjacke los.

Hermann (lachend). In der That — ein etwas knappes Möbel, dieser Frack.

Panter. Ich habe ihn mir von meinem Collegen Ritsche geborgt — er ist sehr besorgt um das Kleidungsstück — mahnt mich immer es zu schonen, sogar in Ellen's Gegenwart. Schrecklich!

Hermann. Schade, daß ich Deine Verlegenheit nicht kannte. Du hättest den meinigen haben können, der jedenfalls weiter ist. Solltest Du wieder in die Lage kommen, so wende dich nur an mich.

Panter. Zu allen Gegendiensten gern bereit — doch, da kommt der Herr Prinzipal mit Ellen.

6. Scene.

Vorige. Balder. Ellen.

Balder (zu Panter). Nun, wie steht's, haben Sie — (erblickt Hermann). Wer ist der Herr?

Hermann (mit Verbeugung). Gestatten Sie, daß ich mich Ihnen vorstelle, Herr Balder. Mein Name ist Hermann, ich komme mich um die erledigte Correspondentenstelle zu bewerben. (Er überreicht ihm einen Brief, den er seiner Brieftasche entnimmt.) Dieses schriftliche Gesuch, welches ich zu hinterlassen gedachte, falls ich Sie nicht anträfe, mag Ihnen als Probe meiner Handschrift dienen.

Balder (nimmt den Brief, kurz). Habe jetzt nicht viel Zeit. Wo waren Sie früher, wo sind Sie jetzt? (blickt in den Brief). Was? Jurisprudenz studirt — Vermögen verloren — Apparat gekauft — Photograph geworden — keine Kundschaft — Kaufmann werden! Thut mir leid! Kann Niemand engagiren, der keine Kenntniß des Geschäfts hat — wäre eine echt deutsche Dummheit! Hähä! Ich aber denke amerikanisch, mein Herr, amerikanisch!

Hermann. Sie weisen mich also unbedingt zurück? Das thut mir leid, die Aussicht auf diese Stelle war meine letzte Hoffnung.

Balder. Hm! — Ja — ich — (schnell). Bedaure sehr, mein Herr, aber ich habe nun einmal meine Prinzipien.

Hermann (vornehm). Die ich durchaus nicht erschüttern will! Entschuldigen Sie die Störung. Ich empfehle mich Ihnen, meine Herrschaften. (ab d. d. Mitte.)

7. Scene.

Vorige ohne Hermann, dann Ritsche und die Comptoiristen, Luise.

Ellen. Das war nicht hübsch von Dir, Papa, den jungen Mann so ohne Weiteres abzuweisen. Er machte einen recht feinen, gebildeten Eindruck. Er ist ohne Aussicht — ohne Hoffnung —

Balder. Ach, was! Redensarten! Das sagen Alle!

Ellen. Ein Opfer amerikanischer Gefühllosigkeit.

Panter (für sich). Sie scheint sich sehr für ihn zu interessiren.

Balder. Miß Ellen, ich verbitte mir jede Kritik meiner Handlungsweise! Verstehen Sie dies? Hoffentlich ist Dir das höflich genug?

Ritsche (eilig durch die Mitte, hinter ihm die Uebrigen, welche sofort Spalier bilden). Sie kommt, Herr Prinzipal, sie kommt! Eben fuhr ihr Wagen vor.

Balder (in großer Erregung). Schon jetzt! So schnell! Spalier, meine Herren, Spalier! Herr Ritsche, die englische Rede, aber mit Action! Sie, Herr Panter an meine Seite! Nein — nein — umgekehrt! Luise, rasch, die Blumen.

Luise (mit einem Arm voll Bouquets, die sie an die Anwesenden vertheilt). Diese Introduction ist maestoso!

8. Scene.

Vorige. Mary. Stubbs. Nero.

Mary (sieht sich erstaunt lächelnd um). Ah, feierlicher Empfang! Das ist ja reizend! Grüß Euch Gott, Onkel, Ellen!

Balder (schüttelt ihr die Hand). Grüß Gott, liebe Nichte! Sei mir tausend Mal willkommen! (Mary und Ellen umarmen sich.) Und nun, Herr Panter, legen Sie los. (leise.) Aber mit Gefühl und Action!

Panter (stotternd und sehr verlegen). Dear mistress? You see us all in high — —

Balder (leise). Action! Action!

Ritsche (leise). Fuchteln Sie nicht so mit den Händen herum!

Panter (verwirrt). You see us all in high excitement — großer Gott, der Frack! — the wholl house is waiting for you in a painfull situation — —

Balder (leise). Action! Action!

Panter (hebt beide Arme mit einer heftigen Bewegung hoch, so daß der Frack hinten platzt). O weh!

Ritsche (wüthend). Na, ja, da haben wir's!

Die Comptoiristen (lachen Alle).

Panter (in höchster Verwirrung). Dear mistress! You see us — heiliger Gott — all in high — der Frack — das heißt — excitement — ich —

Mary (ihn lächelnd unterbrechend). Diese Ansprache ist ganz reizend, aber ich liebe das Deutsche und bin gewöhnt Deutsch zu sprechen. Ich danke Ihnen, werther Herr und danke auch Dir, lieber Onkel für den mir bereiteten feierlichen Empfang!

Balder (v rlegen). O bitte, bitte! (wüthend zu Panter.) Herr! Sie haben mir Alles verdorben.

Ritsche (Leise). Sie werden mir meinen Frack ersetzen!

Panter (sich den Angstschweiß abwischend). Ich — o — entschuldigen Sie —

Mary (liebenswürdig). O bitte, bitte, es war ja Alles ganz gut so.

Balder (ironisch). Na, ich danke! (zu den Comptoiristen.) — danke Ihnen, meine Herren. Es ist für Sie ein kleines Frühstück servirt! Luise, führen Sie die Herren hinüber in das blaue Zimmer.

Luise (leise zu den Herren). Vivace, meine Herren, vivace! Lassen Sie die Nichte des Herrn Prinzipals fortissime leben!

Die Comptoiristen. Die Nichte des Herrn Prinzipals lebe hoch! hoch! hoch!

Mary (lachend). Ich danke Ihnen, meine Herren!

Luise (mit den Herren ab).

9. Scene.

Mary. Ellen. Balder. Ritsche. Panter.

Balder (führt Mary zu einem Sessel). Liebe Mary, nochmals herzlich willkommen! Ich freue mich sehr, Dich hier zu haben. Du weißt doch, daß ich außerordentlich für Amerika schwärme!

Ellen. Ja, Mary, so sehr schwärmt Papa dafür, daß er soeben ehe Du kamst einen jungen studirten Mann zurückwies, welcher gegen geringes Salair in das Comptoir eintreten wollte, und ihn nur zurückwies weil es nicht — amerikanisch sei, junge Leute zu engagiren, die trotzdem sie etwas leisten können, noch nicht in einem ähnlichen Geschäfte waren. Und der junge Mann hatte sonst keine Aussichten und keine Hoffnung mehr!

Balder (streng). Ellen! Ellen!

Panter (für sich). Wie Sie sich für ihn interessirt? Oder ist es nur Wohlthätigkeitssinn, ohne H.

Mary (freundlich). Da warst Du aber im Irrthum, Onkelchen. Gerade in Amerika fragt man nicht was Jemand war, wenn er nur etwas kann und ein tüchtiger Arbeiter ist.

Ellen (triumphirend). Siehst Du, Papa!

Balder (verlegen). Hm — so! — na! (in seinem Aerger zu Panter.) Was stehen Sie denn noch da! Wollen Sie nicht wenigstens einen ganzen Rock anziehen?

Panter (erst sehr verlegen; dann aber gefaßt und schnell). Der empfangenen Ordre gemäß werde nicht verfehlen, sogleich an die Ausführung des erhaltenen Auftrages zu gehen. Indem ich für alle vorgefallenen Unzuträglichkeiten nochmals um Entschuldigung bitte, empfehle ich mich hochachtungsvoll und ergebenst, Heinrich Panter. (mit Verbeugungen schnell ab d. d. Mitte.)

10. Scene.

Vorige ohne Panter.

Mary. Ein sehr netter junger Mann. Etwas drollig.
Ellen (sehr warm). Er ist ein herzensguter, braver Mensch! Papa schüchtert ihn nur immer so ein.
Balder (auffahrend) Ellen! (für sich.) Wenn nur die amerikanische Höflichkeit nicht wäre.
Ellen. Du wolltest Dich an den jungen Mann ohne Hoffnungen und Aussichten erinnern, Papa.
Balder (ärgerlich). Ich habe seinen Brief in der Tasche und werde mich nach ihm erkundigen, — er thut mir ja auch leid und wenn's geht, werde ich ihn engagiren.
Ellen (fällt ihm um den Hals und küßt ihn). Jetzt bist Du wieder mein lieber, guter Papa, mit dem weichen, deutschen Herzen, trotz Deiner Schwärmerei für Amerika.
Balder (abwehrend, aber gutmüthig). Ellen, was sind das für Possen! Das ist —
Ellen. Deutsch ist es, Papachen, echt deutsch!
Mary (auf Ritsche weisend, der am Klavier steht und lauernde Blicke auf Mary wirft). Du hast mir den Herrn noch nicht vorgestellt, Onkelchen.
Ritsche (schnell, kriechend und süß). Erlauben Sie, daß ich mich Ihnen selbst vorstelle. Mein Name ist Ritsche — ich bin der Disponent des Herrn Balder und Verwalter Ihrer hiesigen Besitzungen.
Mary (vornehm). Sie sind Herr Ritsche? — Gut! — So haben Sie die Güte, meine hiesige Villa in Stand setzen zu lassen. Ich werde dieselbe bewohnen. Sie ist doch nicht etwa vermiethet?
Ritsche. Nur in der obersten Etage bewohnt ein junger Mensch zwei Zimmer; doch der kann jeden Tag ausziehen.
Mary. Dann veranlassen Sie das Weitere.
Ritsche. Ich werde sofort Ihrem Befehle nachkommen. (ab d. d. Mitte).
Mary (ernst). Onkel, Du schenkst doch diesem Menschen nicht zu viel Vertrauen?
Balder. Zu viel zwar nicht, — bin überhaupt nicht sehr vertrauensselig.

2

Mary. Ich warne Dich vor ihm und habe dafür meine guten Gründe. Doch davon später. Vor allen Dingen hört, weshalb ich nach Deutschland zurückgekehrt bin. Als ich die Papiere meines verstorbenen Gatten ordnete, machte ich die schmerzliche Entdeckung, daß er während seines hiesigen Aufenthalts einen deutschen Baron — von Wildau war sein Name — durch eine unredliche Speculation um sein ganzes Vermögen betrog.

Balder. Was Du sagst!

Mary. Es ist die traurige Wahrheit. Auch fand ich einen Brief, aus dem ich ersah, daß der Beraubte den Verlust nicht lange überlebte und daß sein Sohn vollständig verarmt und aller Subsistenzmittel beraubt in das Leben hinausgestoßen wurde. Jedenfalls um dieser Schandthat willen mußte jene Reise in Scene gesetzt werden, die mich zwang, dem mir aufgedrungenen Gatten nach Amerika zu folgen. Ich aber kehrte in die Heimath zurück, um den jungen Baron von Wildau aufzusuchen und das von Gordon begangene Unrecht wieder gut zu machen.

Ellen (sie küssend). Ach Mary, wie lieb Du bist! Siehst Du, Papa, das ist Deutsch!

Balder (räuspert sich verlegen). Irrst Du Dich auch nicht, Mary?

Mary. Du sollst die betreffenden Papiere einsehen, Onkel, und Dich selbst überzeugen, daß mein Mann, der Amerikaner Gordon, mit Hilfe eines Agenten eine jener Schurkereien verübt hat, wie sie eben nur amerikanisches Raffinement ersinnen kann.

Balder (verlegen hüstelnd). O, es giebt auch bei uns — — na, vorläufig genug davon. Vor allen Dingen, liebe Mary, eine Frage. Wann kamst Du an, und warum verbatest Du Dir den Empfang auf dem Bahnhof?

Mary. Ich liebe den letzteren nicht, Onkelchen, namentlich wenn ich von einer langen Reise müde und abgespannt bin. Dies war ich diesmal wirklich und darum zog ich es vor, als ich gestern Abend ankam, gleich in das Hotel zu fahren und dort zu übernachten.

Ellen. Wie? Du kamst gestern schon an?

Mary. Ich bin am Abend hier angelangt und im Hotel abgestiegen. Ich hatte gleich ein kleines Abenteuer, wie es einem in Amerika kaum passiren kann.

Ellen (neugierig). Ein Abenteuer? Du machst mich neugierig. Erzähle —

Mary. Meine Leute hatten mich beim Aussteigen verlassen, um das Gepäck zu besorgen, und ich ging allein durch das Gedränge im Halbdunkel nach dem Ausgang. Da belästigten mich ein paar rohe

Menschen. Dies jedoch nur einen Moment, denn ein junger Mann bot mir in zuvorkommender Weise seinen Schutz an, gab mir den Arm und führte mich hinaus. Draußen gerieth er in Wortwechsel mit jenen Beiden, der Strom der Menge trennte uns, und ich wußte mir nur zu helfen, indem ich kurz resolvirt in eine Droschke stieg und in das Hotel fuhr. Beim Aussteigen finde ich an meinem Shawl eine goldene Uhr nebst Kette hängen; die letztere hatte sich in den Maschen des Shawl's festgehakt und hatte die Uhr nach sich gezogen. Am Ende gehört sie gar meinem jungen Ritter, der nun als Lohn für seine Liebenswürdigkeit den Verlust dieses Werthstückes betrauert.

Ellen (lachend). Da siehst Du, was ihr Amerikanerinnen in Deutschland gleich für — Anhang findet.

Balder. Die Uhr muß auf der Polizei abgegeben werden. Doch das hat Zeit. Vorläufig restaurire Dich. Ich habe ein vollständig amerikanisches Frühstück bestellt. Du wirst Dich freuen, Mary. (er. klingelt).

Mary (lacht). Nun, so kann Nero serviren, damit der Eindruck noch amerikanischer wird.

11. Scene.

Vorige. Luise.

Luise (b. d. Mitte). Sie haben geschellt?
Balder. Ist das Frühstück fertig?
Luise. Es ist alles moll.
Balder. Was ist es?
Luise (achselzuckend). Moll! — Weich! — Gar! — wenn Sie das besser verstehen!
Balder (gereizt). Ja, das verstehe ich in der That besser. Der Mohr meiner Nichte soll das Frühstück serviren.
Luise. Ich werde es presto bestellen. (Ab v. d. Mitte).
Mary. Ein sonderbares Mädchen.
Ellen. Nicht wahr? Nun, ich sage Dir, wenn Du nun noch Herrn Panter den Thee ohne H trinken siehst —
Mary. Wie? Thee ohne H, was ist das?
Ellen. Das werde ich Dir beim Früstück erklären. Ich sage Dir nur so viel, es wird Dir hier bald — amerikanisch vorkommen.
Balder (bissig). Und mir kommt es hier, meiner Tochter wegen, öfters sogar spanisch vor. (Mary und Ellen lachend, Balder ärgerlich links ab.)

12. Scene.

Stubbs. Luise. Nero.

Nero geht zweimal zu Anfang der Scene servirend ab und zu. Er kommt mit vollen Schüsseln d. b. Mitte, geht links ab und kommt von links zurück, wieder b. b. Mitte abgehend. Er rennt stets sehr und balancirt die Schüsseln geschickt mit den Händen.

Luise. Also Herr Hausmeister, Sie werden in Gesellschaft der Herren Panter und Ritsche hier frühstücken, da die Herrschaften ganz en famille hier nebenan tafeln.

Stubbs (behäbiger, gemüthlicher Mann in mittleren Jahren. Wirft sich etwas in die Brust und spricht stets mit einer gewissen Herablassung). Ganz nach Ihrer Anordnung, Miß.

Luise. Wünschen Sie die Gänge andante oder presto?

Stubbs (verblüfft). Andante? Presto? Die Gänge?

Luise. Ich meine die Aufeinanderfolge der Gänge.

Stubbs. Ach so! Hm — ich für meinen Theil bitte crescendo. Erst andantino, dann andante — presto — tempo vivace!

Luise (freudig). Ach, mein Herr, Sie sind der Erste, der mich gleich versteht.

Stubbs. Darf ich fragen, von wannen Ihnen diese musikalische Wissenschaft kommt?

Luise (verschämt). Durch einen Hauboisten vom Garderegiment. Er gab mir früher Unterricht, doch (seufzend) dieser mußte unterbrochen werden, da mein Lehrer versetzt wurde.

Stubbs. Schade! Nun, dann wird es Sie interessiren zu erfahren, daß auch ich ein Jünger der edlen Musika bin. Ich spielte einst den Baß! Ach, es ist ein herrliches Instrument!

Luise. Ohne Zweifel — der Baß ist die Grundlage aller Harmonie. Verzeihen Sie, spielten Sie auch General-Baß?

Stubbs (sieht sie an). Nein, den habe ich nie studirt. Mein Unglück war, ich ging nach Amerika —

Luise. Weiß man dort gute Musik nicht zu schätzen?

Stubbs. Nein! Nur Spezialitäten. Yankee doodle und dergleichen. Die wahre Würdigung der Musik ist nur in Deutschland zu finden. Die Musik der Zukunft ist deutsch. Ich war in diesem frivolen Amerika genöthigt, endlich diese Hausmeisterstelle bei Mister Gordon anzunehmen.

Luise. Kein angenehmes Finale ihrer Künstlerschaft.

Stubbs. So lange Gordon lebte, ging es. Ich führte ein ruhiges Leben, hatte viel freie Zeit und konnte mich meinem Basse widmen. —

Luise. Das war angenehm.

Stubbs. Als Mister Gordon aber starb, war es damit aus. Seine Wittwe führt ein unruhiges Leben, reist sehr viel — mein Baß ist stets unter dem Gepäck, ich komme nicht mehr dazu, ihn zu pflegen.

Luise. Und das verursacht Dissonanzen in Ihrem Innern, nicht wahr Herr Stubbs?

Stubbs. Ja, und starke dazu. Aber das muß sich ändern! Ich werde meine Wittwe wieder ansäßig machen; ich muß es, um meines Basses — meiner Liebe zur Musik willen. Ich werde diese Wittwe verheirathen und zwar an einen Mann der nicht reist, der sich mir gegenüber verpflichtet, in Ruhe zu leben.

Luise. Diese Idee ist gut. Sie wird von Ihrer Madame allegro begrüßt werden.

Stubbs. Die Hauptsache ist, daß ich mich wieder meinem Basse widmen kann. Sie wissen es vielleicht nicht, was es heißt, ein Instrument so zu lieben.

Luise (verschämt). O doch, auch ich spiele ein Solches.

Stubbs (erstaunt). Ah! Wohl gar das Klavier?

Luise. Nein! Das könnte ich in meiner Küche in stillen Abendstunden nicht spielen.

Stubbs (immer erstaunter). Also sie spielen wirklich?

Luise. Ja, ein Stück schon.

Stubbs. So? Und in der Küche?

Luise. Meist in der Küche.

Stubbs. Und auf welchem Instrument?

Luise. Ich trage es immer bei mir.

Stubbs (sehr neugierig). Wenn ich bitten dürfte!

Luise. O gewiß! (sie holt eine Flöte aus der Tasche.)

Stubbs (höchst erstaunt). Eine Flöte!

Luise (bescheiden). Ja, ich blase die Flöte, wie Friedrich der Große! —

Stubbs. Und welches Stück?

Luise (nimmt eine theatralische Stellung an und beginnt sehr primitiv zu blasen: „Du, Du liegst mir im Herzen).

Stubbs (während sie bläst). Großartig! Einzig! Imposant!

13. Scene.

Während Luise bläst, treten hinten Nero, Panter und Ritsche und von links Balder, Ellen und Mary ein; letztere die Servietten in der Hand. Sie bleiben erstaunt in den Thüren stehen. Luise bemerkt es nicht und bläst ruhig weiter.

Stubbs (entzückt). Eine Köchin, welche die Flöte bläst! Das ist ein Fortschritt der Kultur und Kunst! Das wäre etwas für drüben!
Balder (entsetzt). Meine Köchin bläst die Flöte! Gräßlich!
Mary. Das ist amerikanisch, Onkel!

Zweiter Aufzug.

Der Hof einer Villa. Links ein' Haus mit Veranda. Hinten und an den Seiten Gartenmauer. Rechts hohe breite Gitterthür, welche von der Landstraße hereinführt. Etwas zurück in der Mitte der Bühne ein alter sehr großer Land-Omnibus, in welchen man von hinten einsteigt und welcher obere Verdecksitze hat. Vorn links vor der Veranda eine Bank.

1. Scene.

Stubbs. Ritsche.

(Treten aus dem Hause und kommen die Veranda herab.)

Stubbs. Alles in schönster Ordnung in der Villa! Ich mache Ihnen mein Compliment, Herr Ritsche!
Ritsche. Ich habe mir auch alle Mühe gegeben, die Zufriedenheit der gnädigen Frau zu erringen. Sie kann zu jeder Stunde einziehen.
Stubbs. Aber dort oben ist doch noch das photographische Atelier. Wie ist es damit?
Ritsche. Hähä! Den Photographen setze ich an die frische Luft. Er ist zwei Monate Miethe schuldig.
Stubbs. Wenn er sie aber bezahlt?
Ritsche. Dann setze ich ihn doch an die Luft, dazu habe ich kontraktlich das Recht. Er hätte sie auf den Tag bezahlen müssen. Es ist ja nicht wegen des Bischen Miethe, aber die gnädige Frau muß doch ihren Willen haben. (ausforschend.) Hm! Hat wohl ein hübsches Sümmchen von da drüben mitgebracht?
Stubbs. Ja, wir haben etwas geerbt.
Ritsche. Ob sie sich wohl wieder verheirathen wird?
Stubbs. Das ist denkbar! Alle Wetter, was fällt mir da ein? (betrachtet Ritsche von der Seite). Er wird ihr zwar nicht über-

mäßig gefallen — indessen der Geschmack der Frauen ist oft wunder=
lich und einen Versuch könnte man schon machen. (laut). Sie sind
noch unverheirathet, mein Herr?

Ritsche. Hähä! Natürlich!

Stubbs. Ich finde darin durchaus nichts natürliches. Ich
bitte Sie — ein Mann in Ihren Jahren! Hm! Wenn ich Ihnen
eine junge schöne und reiche Frau nachwiese — was würden Sie
wohl dazu sagen?

Ritsche (lüstern). Reich, sagen Sie?

Stubbs. Sehr reich!

Ritsche. Das wäre nicht so übel!

Stubbs. Freilich müssen Sie, falls die Partie zu Stande
kommt, einige Bedingungen erfüllen, die ich Ihnen stelle.

Ritsche. Eine Hand wäscht die andere! Lassen Sie diese
Bedingungen hören.

Stubbs. Vor allen Dingen müssen Sie mich gegen einen
anständigen Gehalt zu Ihrem Hausverwalter machen.

Ritsche. Mit Vergnügen! Und was weiter?

Stubbs. Dann dürfen Sie mit Ihrer Frau keine Reisen
machen, auf denen ich Sie begleiten muß.

Ritsche. Gut! Ich verzichte auf Ihre werthe Begleitung!

Stubbs. Ferner muß in Ihrem Hause stets die größte Ruhe
und Ordnung herrschen — Sie verpflichten sich keine großen, auf=
regenden Gesellschaften zu geben.

Ritsche. Sind mir ohnehin ein Gräuel. Aber nun rücken
Sie mal mit der Sprache heraus — wer ist die Dame, welche ich
gegen Erfüllung dieser Bedingungen eintauschen soll?

Stubbs. Ich weise Sie Ihnen selbstverständlich nur nach.
Die Heirath müssen Sie selbst zu Stande bringen.

Ritsche. Thun Sie mir den Gefallen und spannen Sie mich
nicht länger auf die Folter. Wer ist es — wo wohnt sie?

Stubbs. Es ist die Wittwe Mistreß Gordon aus New=York, —
meine Herrin!

Ritsche (lacht). Hähä! Spaßvogel! Die weisen Sie mir nach?
Die kenne ich ja selbst.

Stubbs (wichtig). Sie wären aber nie auf den grandiosen
Gedanken gekommen, sie zu heirathen!

Ritsche. Allerdings nicht!

Stubbs. Also! — Acceptiren Sie meine Bedingungen?

Ritsche (ärgerlich). Unsinn! Ich soll Mistreß Gordon einen
Antrag machen. Sie würde mich wohl auslachen, aber nicht heirathen.

Stubbs. Das wissen Sie schon vorher? Sehen Sie, das ist auch wieder solch deutsche Eigenthümlichkeit. Alles schon vorher wissen! Sich nur ja nicht überzeugen. Die Amerikaner denken in solchen Dingen ganz anders. Na, und gar die Amerikanerinnen! die sind darin manchmal komisch.

Ritsche. Hm! Was Sie sagen! Ja, wenn Mistreß Gordon so ganz anders dächte, als unsere hiesigen jungen Damen — hm — wer weiß — aber, sie wird wahrscheinlich ebenso denken.

Stubbs. Und was meinen Sie denn, was sie denkt?

Ritsche. Na, daß, wenn sie wieder heirathet, sie sich einen jungen, schönen Mann aussuchen wird.

Stubbs. Einen jungen, schönen Mann, der ihr natürlich ihr Geld durchbringt. Lächerlich. Da müßte sie nicht in Amerika gewesen sein. Im Gegentheil. —

Ritsche. Jedenfalls aber wird sie sich dann einen Mann wählen, der, wenn auch nicht schön und jung, doch reich und angesehen ist.

Stubbs. Wieder echt deutsch kalkulirt. (stolz). Vergessen Sie nicht, Herr Ritsche, daß wir freie Amerikaner sind, und daß meine Herrin sich niemals einen Mann nimmt, der sie verdunkelt. Und das wäre doch der Fall, wenn sie Einen nähme, der reich und angesehen ist.

Ritsche. Na, am allerwenigsten wird sie Einen nehmen, der sich in einer gewissermaßen abhängigen Stellung zu ihr befindet.

Stubbs (für sich). Ist der zähe! Ich hätte nie geglaubt, daß es so schwer ist, eine junge, reiche Wittwe zu verheirathen.

Ritsche. Hähä! Da antworten Sie nicht!

Stubbs. Gerade einen solchen wird sie nehmen — wenn nur er sie zu nehmen weiß. Er ist gewohnt sich in meine Wünsche und Launen zu fügen, wird sie denken, und mehr verlangt eigentlich eine richtige Frau nicht. Wozu braucht sie denn einen Mann? Zur Führung ihrer Geschäfte! Und das kann doch Ihnen nicht schwer fallen. Na, und so ganz ohne sind Sie am Ende auch nicht. Sie haben so Etwas im Blick — —

Ritsche (geschmeichelt). O bitte!

Stubbs (bestimmt). Sie haben Etwas — verlassen Sie sich darauf.

Ritsche (nachdenklich). Hm — was Sie da sagen, hat Etwas für sich! Wer wagt, der gewinnt. Ich werde mir die Sache mal überlegen! Doch jetzt entschuldigen Sie mich — ich will nochmals die Zimmer meiner Zukünftigen in spe revidiren.

Stubbs. Ja, thun Sie das.

Ritsche. Häjä! War vielleicht 'ne ganz gute Idee von Ihnen, das mit dem heirathen. Wenn sich die Sache macht,. Freundchen — na, sollen mich kennen lernen. (Er grinst ihn freundlich an und geht in das Haus.)

Stubbs (sieht Ritsche nach, bis er ab ist). Ich weiß nicht, ob es nicht ein Bischen voreilig war, daß ich sie dem gerade gegeben habe? Wie er mich eben so angrinste, hatte seine Physiognomie eine verzweifelte Aehnlichkeit mit dem Galgengesicht des seligen Mister Gordon. Des seligen? Hm! Wieder etwas voreilig. Ich möchte nicht gerade darauf schwören, daß er selig geworden ist. Doch wer weiß — vielleicht denkt man im amerikanischen Himmel anders in dieser Beziehung.

2. Scene.

Stubbs. Hermann. (durch das Gitter.)

Hermann (höflich grüßend). Guten Morgen, mein Herr!
Stubbs. Guten Morgen! (für sich.) Ein netter Mensch.
Hermann. Wollen Sie vielleicht zu mir? Meine Name ist Hermann. Ich bin der Photograph von oben.
Stubbs. Ah so! Nein, ich bedauere sehr. Ich bin der Hausmeister der Besitzerin dieser Villa. Mein Name ist Stubbs, wenn es Ihnen nicht unangenehm ist.
Hermann. Im Gegentheil! Ein sehr angenehmer Name. Also Sie wollen sich nicht photographiren lassen?
Stubbs. Momentan nicht, aber — gelegentlich.
Hermann. Wie Sie wünschen, Herr Stubbs.
Stubbs. Ich bedaure — Sie werden jetzt ausziehen müssen.
Hermann. Das macht nichts. Ich bin schon ausgezogen.
(er klopft auf seine Tasche.)
Stubbs. Ach so — verstehe! Ihre Vermögensverhältnisse sind wohl keine glänzenden?
Hermann. Diese Entdeckung macht Ihrem Scharfsinn alle Ehre!
Stubbs. Aber sie scheinen trotzdem guter Laune zu sein. Sie nehmen die Sache leicht und sind kein Kopfhänger. Sehen Sie, mein Herr, das gefällt mir.
Hermann (amüsirt). Außerordentlich schmeichelhaft, Herr Stubbs.
Stubbs. Ja — es liegt so etwas Künstlerisches in Ihnen — nun, Photographen sind ja gewissermaßen auch Künstler. Und sehen Sie, mein Herr, da regt sich etwas Verwandtes in mir, denn auch ich bin eigentlich —
Hermann. Photograph?

Stubbs. Nein, Künstler! Musiker! — Ich spiele den Baß.
Hermann. Ah, ein schwieriges Instrument.
Stubbs. In der That sehr schwierig.
Hermann. Und höchst undankbar.
Stubbs. Undankbar? Wieso, mein Herr?
Hermann. Weil es brummt, wenn man es streichelt.
Stubbs (lachend). Sehr gut! (für sich.) Er gefällt mir immer besser. Dem möchte ich aus der Patsche helfen — aber wie? Halt, ich hab's! Ich gebe ihm meine Wittwe. Ich habe sie zwar schon dem Anderen versprochen, aber der mag zusehen, wo er eine Frau herkriegt. Ueberdies nimmt sie den jedenfalls lieber. (laut). Mein Herr!
Hermann. Herr Stubbs!
Stubbs. Ich vermuthe, daß Sie noch ledig sind?
Hermann. So viel ich weiß — ja.
Stubbs. Was würden Sie sagen, wenn ich Ihnen eine junge schöne und reiche Frau nachwiese?
Hermann. Zu der Frau?
Stubbs. Nein, zu meiner Idee, sie zu heirathen.
Hermann. Ich würde sagen, daß sie nicht so übel ist — diese Idee.
Stubbs. Und würden Sie einige Bedingungen erfüllen, die ich Ihnen stelle?
Hermann. Bedingungen? Ich soll Ihnen doch nicht etwa meine Seele verschreiben?
Stubbs. Seh' ich aus wie Mephistopheles?
Hermann. Wahrhaftig nicht! Also legen Sie los.
Stubbs. Vor allen Dingen müssen Sie mich gegen einen anständigen Gehalt zu Ihrem Hausverwalter machen.
Hermann. Nicht mehr wie billig, Herr Stubbs, Wohlgeboren.
Stubbs. Dann dürfen Sie mit Ihrer Frau keine Reisen machen, auf denen ich Sie begleiten muß.
Hermann. Wenn meine Frau den Schmerz der Trennung von Ihnen verwinden kann, so will auch ich das Opfer bringen.
Stubbs. Ferner muß in Ihrem Hause stets die größte Ruhe und Ordnung herrschen. Sie verpflichten sich, keine großen, aufregenden Gesellschaften zu geben —
Hermann (einfallend). Aber ich darf doch Traktätchen lesen, meiner Frau beim Garnwickeln die Wolle halten und täglich eine Cigarre rauchen?
Stubbs. Selbstverständlich! Das dürfen Sie.

Hermann. Na, diese Bedingungen sind ja ganz mäßig. Nun zur Hauptsache — wer ist die Dame?

Stubbs. Meine Wittwe.

Hermann. Wie, Ihre Wittwe? Und die soll ich heirathen?

Stubbs. Ich gönne sie Ihnen lieber wie Jedem Anderen.

Hermann. Und wann belieben Ew. Wohlgeboren zu sterben?

Stubbs. Sterben? Nanu! Ich denke nicht daran!

Hermann. Was? Ich soll demnach Ihre Wittwe bei Ihrem lebendigen Leib heirathen! Also schon mehr Bigamie! Ich danke!

Stubbs. Ach so meinen Sie das! Ne, ne, das ist ein Irrthum. Ich meine die Wittwe Gordon, meine Herrin, direkt aus Amerika importirt, sehr reich und unter Anderem auch Besitzerin dieser Villa.

Hermann. Das ist sehr liebenswürdig von Ihnen. Aber sollte die Dame gerade auf einen armen Schlucker, wie ich es bin, gewartet haben?

Stubbs. Sie sind ein hübscher, junger Mann, und auf den warten die Damen immer.

Hermann. Sehr verbunden für diese Werthschätzung meines äußeren Menschen, allein höchst wahrscheinlich denkt Ihre Wittwe anders.

Stubbs. Weshalb? Auf Geld braucht sie nicht zu sehen — sie hat ja genug und wenn sie nur einen Mann findet, der ihre Geschäfte besorgt —

Hermann. Also angeheiratheter Geschäftsführer. Sichere Stellung mit lebenslänglichem Contrakt — na, immer noch besser als Photograph ohne Kundschaft!

Stubbs. Das meine ich auch. Sogar noch besser als den Baß spielen und das will viel sagen.

Hermann. Na, dann heirathen Sie doch Ihre Wittwe.

Stubbs. Hm! Ich dachte wohl schon daran, aber sehen Sie mal — zweitens habe ich etwas anderes im Sinne und —

Hermann. Erstens?

Stubbs. Würde sie sich vielleicht daran stoßen, daß ich ihr Hausmeister bin.

Hermann (wie immer mit einiger Ironie). Glauben Sie wirklich?

Stubbs. Wenn ich offen sein soll, — ja! Auch müßte ich meinen Baß opfern, sie kann ihn, unter uns gesagt, nicht recht vertragen, und das hielte ich auf die Dauer nicht aus.

Hermann. Spielen Sie denn auch Solo's auf Ihrem Baß?

Stubbs. Mit Vorliebe.

Hermann. Was denn zum Beispiel? „Im tiefen Keller sitz' ich hier" — „In diesen heiligen Hallen" u. s. w.
Stubbs. J, Gott bewahre! Wer wird dergleichen abgedroschene Piecen spielen. Nein, z. B. „Leise flehen meine Lieder durch die Nacht zu Dir!"
Hermann. Auf dem Baß?
Stubbs. Na ob! Mächtig! Oder: Gute Nacht, Du mein herziges Kind. Und dann die Arie der Königin der Nacht aus der Zauberflöte. Grandios!
Hermann. Was Sie sagen! Den höchsten Sopran auf dem tiefsten Baß?
Stubbs. Natürlich! Eben in dem Contrast liegt ja das Packende. Das müssen Sie hören, wenn ich da unten herumfuschle. (er macht die Bewegung des Spielens). Ich sage Ihnen — unheimlich!
Hermann. Das glaube ich.
Stubbs. Na, sie sollen mich noch hören. Wenn Sie vielleicht mal irgend einer Dame ein Ständchen bringen wollen, dann rufen Sie mich — ich werde Ihnen die leise durch die Nacht flehenden Lieder auf dem Baß spielen, daß es eine Art hat.
Hermann. Sie sind sehr gütig. Beim nächsten Geburtstag meiner Großmutter werde ich von Ihrem freundlichen Anerbieten Gebrauch machen.
Stubbs. Stehe jederzeit zu Diensten. (sieht nach der Uhr). Nanu, meine Uhr steht. Darf ich Sie bitten, Herr Hermann, wie weit ists an der Zeit?
Hermann. Ich bedaure sehr — allein —
Stubbs. Ach so! Pardon, wenn ich eine schmerzliche Erinnerung in Ihnen wachrief.
Hermann. Bitte! Ich habe allerdings meine werthvolle Uhr auf eine sehr unangenehme Art eingebüßt!
Stubbs. Ach, Sie haben den Pfandschein verloren?
Hermann. Pfandschein verloren? Sie glauben wohl gar, ich habe meine Uhr versetzt?
Stubbs. Natürlich.
Hermann. Unsinn! Machen Sie keine schlechten Witze — ich wollte, ich hätte sie versetzt, dann stünde es jedenfalls besser um meine total verwaiste Kasse.
Stubbs (für sich). Der arme Teufel — er ist ein so netter Mensch. (laut.) Na, nehmen Sie 's nicht übel.
Hermann. Bitte! Bitte!

3. Scene.

Vorige. Ritsche (aus der Villa).

Ritsche. Ah, Herr Hermann! Ist mir sehr angenehm, daß ich Sie treffe.

Hermann. Gottlob, eine für mich sehr billige Annehmlichkeit, die ich Ihnen da bereitet habe.

Ritsche (kurz und grob). Sie müssen 'raus!

Hermann. Wo 'raus?

Ritsche. Oben aus Ihrem Atelier.

Hermann. Und warum das?

Ritsche. Weil die Besitzerin dieser Villa heut' einzieht, und da geht es nicht länger mehr; das Gelaufe bei einem Photographen ist zu störend.

Hermann (erstaunt). Gelaufe! Du lieber Gott! Seit zwei Monaten ist kein Mensch zu mir gekommen!

Stubbs (für sich). Na ja, er hat doch die Uhr versetzt.

Ritsche. Ganz gleich! Sie müssen 'raus. Gehen Sie nicht freiwillig, werden Sie exmittirt.

Hermann. Wo soll ich aber so schnell hin?

Ritsche. Ist Ihre Sache.

Hermann. Ich kann doch nicht auf der Straße liegen.

Ritsche. Machen Sie, was Sie wollen!

Stubbs. Halt! Eine Idee! (zeigt auf den Omnibus).

Hermann. Was, in den Omnibus?

Ritsche. Gar nicht übel! Das will ich Ihnen gestatten, (schnell) das heißt, Miethe müssen Sie dafür zahlen.

Hermann (halb ärgerlich, halb amüsirt). In einem Omnibus wohnen! Das ist denn doch — hahaha!

Stubbs. Und weßhalb nicht? Sie gehören dann zu den fahrenden Künstlern.

Hermann. Aber mein Atelier?

Stubbs. Oben auf dem Verdeck! — Parterre ist die Privatwohnung und eine Treppe hoch das Atelier.

Ritsche. Thun Sie mir den einzigen Gefallen und besinnen Sie sich nicht lange. Im Hause können Sie nun einmal absolut nicht wohnen bleiben und —

Hermann (einfallend). Gehst Du nicht willig, so brauch' ich Gewalt! Ich verstehe.

Ritsche. Der Omnibus ist ganz nett — er ist ebenfalls gepfändet, weil sein Besitzer, der hier wohnte, die Miethe schuldig blieb.

Stubbs. Pfänden scheint überhaupt Ihre starke Seite.

Ritsche. Man thut, was man kann. (zu Hermann). Wie steht es denn eigentlich mit Ihrer Miethe? Sie wissen doch, daß Sie noch zwei Monate schulden?

Hermann. Was nutzt Ihnen meine Wissenschaft? Sie werden sich damit noch gedulden müssen, denn im Augenblick ist es mir nicht möglich zu zahlen.

Ritsche. Das alte Lied. (auf Hermanns Weste deutend) Wo haben Sie denn Ihre goldene Uhr nebst Kette?.

Stubbs (für sich). Aha! Der ist schlau.

Hermann. Die ist mir durch einen Zufall abhanden gekommen.

Ritsche. Ach so! Dann geben Sie wenigstens den Pfand=schein her.

Hermann. Pfandschein?

Ritsche. Den haben Sie wohl auch versetzt?

Hermann (ärgerlich). Donnerwetter, nun habe ich die Geschichte mit dem Versetzen satt. Ich sagte Ihnen ja, daß mir — —

Ritsche. Die Uhr durch einen Zufall abhanden gekommen ist. Aber ich glaube es, mit Ihrer freundlichen Erlaubniß, nicht.

Hermann. Nun, so halten Sie das, wie Sie wollen.

Ritsche. Na, reden wir vorläufig nicht mehr davon! Schaffen Sie Ihre Sachen in den Omnibus und richten Sie sich in demselben häuslich ein. Oben müssen Sie jedenfalls, wenn ich zurückkomme, heraus sein, sonst schließe ich Ihnen die Thüre vor der Nase zu. Verstanden?

Hermann. O ja! Sie sprechen zwar wenig höflich, aber sehr — deutlich.

Ritsche. Höflich, höflich! Na, so etwas ist mir noch nicht vorgekommen. Zwei Monate Miethe schuldig und verlangt auch noch Höflichkeit! Da hört denn doch Alles auf. Höflich! Hähä! Höflich! (geht wüthend links ab.)

4. Scene.

Stubbs. Hermann.

Hermann. Grobian! Fast hätte er mir meine gute Laune verdorben.

Stubbs. O er kann auch sehr höflich sein.

Hermann. Ich weiß es! Er gleicht dem Epheu an der Mauer, er kriecht nach oben hin. Aber, er ist im Stande und läßt meinen Apparat pfänden, was dann?

Stubbs. Hm! Wenn ich ihm nur helfen könnte! Aber mein bischen Geld liegt fest — hm! (laut). Da fällt mir ein, sprechen Sie doch einmal persönlich mit meiner Mistreß. Bei dieser Gelegenheit lernt sie Sie gleich selbst kennen, sie ist eine noble Dame, sehr reich, sie wird Ihnen gewiß die Miethe stunden, so lange Sie wollen.

Hermann. Jedenfalls wäre das eine hübsche Einführung für einen — Freier!

Stubbs. Noch lange nicht die schlechteste. So was macht interessant bei Damen.

Hermann. Miethsschulden — das kann ich mir denken. Uebrigens ist Ihr letzter Vorschlag praktischer als der erste und wenigstens nicht so ganz ohne Aussicht auf Erfolg. Doch Sie entschuldigen, Herr Stubbs. Ich werde nun meine Sachen packen und mich im Omnibus häuslich einrichten.

Stubbs. Meine Idee. Bin ordentlich stolz darauf! Sommerwohnung! Brillant! Wenn Sie des Abends auf Ihrem Balkon sitzen und Ihre Cigarre rauchen, haben Sie die schönste freie Aussicht über die Mauer.

Hermann. Ja, und auf der Deichselstange kann ich meine Wäsche trocknen. Na, auf Wiedersehen, Herr Stubbs!

Stubbs. Auf Wiedersehen! Ich erwarte hier meine Wittwe.

Hermann (lachend). Stubbs, Sie sind ein prächtiger Kerl! Adieu! (links ab über die Veranda, in das Haus.)

Stubbs (ihm nachsehend). Ein reizender Mensch! — Eine echte Künstlernatur! Schade, daß er kein Instrument spielt. Mit dem associrte ich mich. Na, vielleicht lernt er noch Eines. Er scheint furchtbar in Geldverlegenheit zu sein. Ich will ihm wenigstens etwas unter die Arme greifen, indem ich ihm den funkelnagelneuen Zwanzigmarkschein in die Hand drücke. (Er hat während dessen den Schein seinem Portemonnaie entnommen und steckt ihn einstweilen in die Westentasche.)

5. Scene.
Stubbs. Panter.

Panter (durch die Gitterthür). Hier scheint es zu sein.

Stubbs (für sich). Das ist ja der englische Ansprecher mit dem geplatzten Frack.

Panter (hat sich überall umgesehen). Guten Morgen, mein Herr! Sie würden mich zu besonderem Dank verpflichten, wenn Sie die Güte hätten, mir mitzutheilen, wo ich hier in das Atelier des Herrn Hermann gelange. Zu Gegendiensten gern bereit.

Stubbs. Das Atelier des Herrn Hermann ist dort oben, aber Sie können sich das Treppensteigen ersparen, denn er verlegt es eben nach unten.

Panter. Besten Dank, dann werde ich warten.

Stubbs. Sie wollen sich doch photographiren lassen?

Panter. Nein, mein Herr!

Stubbs. Warum denn nicht! Herr Hermann macht prächtige Bilder. Seien Sie doch gemüthlich und lassen Sie sich photographiren.

Panter (verlegen). Ich habe mit meinem Freund Hermann —

Stubbs. Ach, so, er ist Ihr Freund. Dann brauchen Sie sich ja gar nicht photographiren zu lassen. (für sich.) Das fehlte dem armen Kerl noch! Freunde photographiren, die nie ihre Bilder bezahlen. (laut.) Sie kennen mich wohl nicht, mein Herr? Mein Name ist Stubbs, ich bin der Hausmeister von Mistreß Gordon, ich hörte Ihre englische Begrüßungsrede. A la bonheur! Schade, daß ich nicht vorher von dem Empfang wußte, ich hätte Sie melodramatisch auf dem Contrabaß begleitet.

Panter. Das müßte sehr effektvoll gewesen sein. Aber erlauben Sie, daß auch ich mich Ihnen vorstelle. Mein Name ist Panter. Panter ohne H.

Stubbs. Ohne Haar? Bedaure! (für sich) Auch ein recht netter Mensch. Der gefiele ihr vielleicht noch besser. Er hat so etwas Zartes — das lieben die Weiber. Hm! Ob ich sie ihm gebe? Der Andere scheint ohnehin keine Lust zu haben. Jedenfalls will ich mal hören, was er sagt. Mein Herr!

Panter (der sich unterdessen die Villa besah). Sie wünschen?

Stubbs. Sind Sie schon verheirathet?

Panter (erschrocken). Nicht im Mindesten.

Stubbs. Was würden Sie wohl sagen, wenn ich Ihnen eine junge, schöne, reiche Frau nachwiese?

Panter. Wie?

Stubbs. Würden Sie, vorausgesetzt, daß die Partie zu Stand kommt, einige Bedingungen erfüllen, die ich stellen muß?

Panter. Sie setzen mich in Verlegenheit —

Stubbs. Hören Sie nur erst. Vor allen Dingen müssen Sie mich mit einem anständigen Gehalt zu Ihrem Hausverwalter machen. —

Panter. Zu meinem Hausverwalter! Ach, du lieber Gott!

Stubbs. Dann dürfen Sie mit Ihrer Frau keine Reisen machen, auf welchen ich Sie begleiten muß.

Panter. Mit meiner Frau! O Ellen!

Stubbs. Ferner muß in Ihrem Hause die größte Ruhe und Ordnung herrschen und Sie dürfen keine aufregenden Gesellschaften geben. —

Panter. Aber, mein Herr —

Stubbs. Sie wollen wissen, wer die Dame ist? Sie kennen sie bereits, es ist die, welche Sie gestern englisch begrüßten, meine Herrin, Mistreß Gordon aus New-York. Wollen Sie die Dame unter den obigen Bedingungen heirathen?

Panter. Mein Herr, Sie scherzen.

Stubbs. Ach, Sie denken wohl auch, sie würde Sie nicht nehmen? Sie gefallen ihr ganz gut, sie sprach sehr lobend von Ihnen — Sie haben sich mit Ihrer englischen Rede in ihr Herz geschmeichelt. Werben Sie nur getrost um sie. Ein junger, bescheidener Mann, der ihre Geschäfte kaufmännisch führen kann, ist alles, was sie braucht.

Panter. Aber, mein Herr, ich um diese Dame werben! Das wäre wohl nicht thunlich — ohne H!

Stubbs. Ohne Haar! (ärgerlich) Mein Gott! Sie brauchen ihr ja nicht gleich auf die Nase zu binden, daß Sie eine Perrücke tragen. (ihn genau betrachtend) Wozu auch? Man sieht es ja gar nicht.

Panter (für sich). Eine Perrücke? Ich? Er muß übergeschnappt sein. (laut.) Mein Herr —

Stubbs (etwas heftig). Na ja, es ist gut! Wollen Sie, oder wollen Sie nicht?

Panter (ängstlich). Ich werde mir die Sache überlegen —

Stubbs. Also! (für sich). Das ist Nummer drei. Na, auf Einen wird sie doch anbeißen.

6. Scene.

Vorige. Hermann.

Panter (für sich). Da ist Hermann! Gottlob, mir wurde ganz ängstlich! Guten Tag, Hermann.

Hermann (er trägt einen Frack über dem Arm, einen Handkoffer und einen photographischen Apparat). Sieh da, Heinrich! Was führt Dich zu mir, alter Junge?

Panter (leise). Ich komme wegen des Fracks, wir haben heute Abend Gesellschaft.

Hermann. Du kommst gerade recht, hier ist er. Der ist Dir sicher nicht zu eng. Lieber Herr Stubbs, darf ich Sie vielleicht bitten, mir diese Gegenstände dort in den Omnibus zu setzen?

Stubbs (nimmt Koffer, Apparat und Stativ). Mit Vergnügen, Herr Hermann. (Er klettert auf den Wagen und stellt den Apparat auf dem Deck auf, das Objekt nach dem Publikum gerichtet.)

Panter. Du ziehst wohl aus?

Hermann. Ich werde ausgezogen. (macht die Bewegung des Hinauswerfens).

Panter. Aha, kannst wohl die Miethe — ohne H — nicht zahlen? —

Hermann. Ohne H schon — aber nicht ohne Geld.

Panter. Sapperment, so viele Sachen hast Du, daß Du einen Omnibus zum Ausziehen gebrauchst?

Hermann. Ein Salonwagen der Eisenbahn wäre mir noch lieber.

Stubbs (vom Omnibus herabsteigend). Meine Herren, ich empfehle mich Ihnen einstweilen, ich werde mich oben an das Dachfenster begeben, da sehe ich meine Mistreß schon von Weitem kommen. (für sich.) Ich will sie allein lassen, vielleicht kann er den ohne Haar anpumpen. (Laut). Nicht wahr, Herr Hermann wir sind gute Freunde?

Hermann. Ich rechne mir dies zu besonderer Ehre!

Stubbs. Unter Freunden, Herr Hermann — (er drückt ihm den Zwanzigmarkschein in die Hand und eilt rasch nach links ab.)

7. Scene.

Vorige ohne Stubbs.

Hermann (sehr überrascht). Nanu, was ist das? Ist der gute Stubbs übergeschnappt, er drückt mir zwanzig Mark in die Hand?

Panter. Ich glaube selbst, daß es nicht ganz richtig mit ihm ist. Von mir behauptete er vorhin, ich trüge eine Perrücke.

Hermann. Er meint es gut; übrigens werde ich ihm, sobald ich ihn wieder sehe, sein Geld zurückgeben.

Panter. Das kannst Du auch, Dein Glück ist gemacht.

Hermann. Mein Glück — wieso?

Panter. Fräulein Ellen hat, nachdem Du weg warst, sehr, sehr warm für Dich gesprochen. (Seufzt tief.) Ach ja, sehr warm, und auch Mistreß Gordon unterstützte sie dabei. Du wirst die Stellung bei Balder jedenfalls erhalten.

Hermann. Und das sagst Du mit solcher Wehmuth?

Panter. Ohne H! Ja! Ich kann den Kampf in meinem Innern nicht weiter kämpfen. O Ellen! Ellen!

Hermann. Aber, mein Gott, wenn Du das Mädchen wirklich so sehr liebst, warum erklärst Du Dich denn nicht endlich?

Panter. Erklären — ihr — meine Liebe? Oh!

Hermann. Ja, wie soll sie denn sonst von Deinem Krampf im Innern erfahren?

Panter. Bitte, Kampf! Ach nein, dazu werde ich nie den Muth — ohne H — haben.

Hermann. Sonderbarer Schwärmer!

Panter. Und dann wäre es auch wohl vergeblich gewesen, denn ihrer warmen Fürsprache nach zu urtheilen, muß sie auf den ersten Blick ein großes Interesse für Dich gefaßt haben.

Hermann. Für mich! Oho! (für sich.) Na warte, Junge, Dir soll geholfen werden. (laut) Meinst Du wirklich?

Panter. (nickt mehrmals trübselig mit dem Kopfe).

Hermann. Nun denn, Vertrauen gegen Vertrauen! (feierlich). Heinrich, auch ich habe mich auf den ersten Blick in sie verliebt.

Panter (erregt). Verliebt — auch Du — in Ellen!

Hermann. Ja, was hilft da alle Verstellung, sie wäre ein Verrath an der Freundschaft. Aber Heinrich, nun zeige Dich als Mann — bethätige dieselbe auch mir gegenüber und hilf mir, da Du doch keine Aussicht hast. Du sagst, ich werde die Stellung er= halten, in ihre Nähe kommen. Gut! Allein auch ich habe nicht den Muth, ihr meine Gefühle zu gestehen. Nun denn, so zeige Du Dich als wahrer Freund und sprich bei ihr für mich.

Panter. Wie — ich — ich soll?

Hermann (dringend). Ja, Du sollst! Streiche mich möglichst heraus, setze mich in das günstigste Licht bei ihr und vor Allem sage ihr, daß ich sie leidenschaftlich liebe.

Panter. Hermann, was verlangst Du von mir? Ich soll mit meinem Kampf im Innern — nein, das ist mehr, als ein Menschenkind vertragen kann.

Hermann (pathetisch). Heinrich! Was Du thun sollst ist groß — es ist sogar klassisch! Aber die Freundschaft fordert es, und sie ist kein leerer Wahn.

Panter (entschlossen). Du forderst es als ein Opfer der Freund= schaft — gut, ich will es thun! Du sollst angestrichen — pardon — herausgestrichen werden.

Hermann. O ich wußte es, daß Du es thun würdest — (feierlich gerührt.) Heinrich, ich danke Dir. Zu allen Gegendiensten —

Panter (wischt sich mit dem Zipfel des über seinem Arm hängenden Frackes die Augen aus.) — gern bereit!

8. Scene.

Vorige. Stubbs.

Stubbs (aus der Villa, links über die Bühne nach dem Gitterthor laufend). Meine Herren, Mistreß Gordon kommt, ich eile ihr entgegen!
Hermann. Hören Sie mal, Herr Stubbs. — Sie haben —
Stubbs. Ich habe jetzt keine Zeit! (ab.)

9. Scene.

Vorige ohne Stubbs.

Hermann. Lieber Heinrich, ich möchte gerne mit dieser Amerikanerin ein Paar geschäftliche Worte unter vier Augen sprechen. Vielleicht bist Du so freundlich und holtst mir unterdessen den Rest meiner Effekten aus meinem Atelier. Du brauchst übrigens nicht gleich wieder zu kommen.
Panter. Schön! Es ist doch Niemand in Deinem Atelier?
Hermann. Keine Katze!
Panter. Ein Augenblick der Einsamkeit — eine Thräne der Wehmuth — ohne H — wird mir wohl thun. (ab, nach dem Haus.)
Hermann (ihm nachsehend). Geh' nur, guter Junge, ich will Dir schon zu Deinem Glück helfen. Er wird bei ihr für mich sprechen, und es sollte mich sehr wundern, wenn es dabei nicht zu einem Geständniß zwischen den Beiden käme; denn soviel sah ich auf den ersten Blick, daß auch sie diesen zahmen Panter liebt.

10. Scene.

Hermann. Mary. Stubbs. Nero.

Mary. Endlich wieder hier! (giebt sich neugierig um und erblickt bei dieser Gelegenheit Hermann, der sie sehr höflich grüßt. Mary erwidert höflich aber gemessen seinen Gruß.)
Stubbs (Hermann vorstellend). Mistreß Gordon, die Besitzerin der Villa. Der Herr Photograph Hermann, welcher oben das Atelier bewohnte.
Mary (sehr reservirt). Sehr angenehm, mein Herr!
Hermann (für sich). Hübsch, aber kalt, wie es scheint!
Stubbs (leise). Na, wie gefällt sie Ihnen?
Hermann (ebenso). O ganz gut — verduften Sie, Stubbs.
Stubbs (für sich). Aha! Jetzt legt er los! Der hat's eilig!
Mary (zu Hermann). Sie sind Photograph, mein Herr?

Hermann. Augenblicklich — ja, gnädige Frau! Ganz eigenthümliche Schicksale zwangen mich diesen Beruf zu wählen, ich war früher Student, mit anderen Plänen — anderen Aussichten! Doch — ich — gnädige Frau, würden Sie mir in Ihrer Eigenschaft als Eigenthümerin dieses Besitzthums wohl einige Worte entre-nous gestatten?

Mary (zu Stubbs). Zeigen Sie Nero das Haus und richten Sie ein Zimmer für das Kammermädchen ein.

Stubbs. Zu Befehl, Miftreß! (im Abgehen.) Ob sie den wohl nimmt? (ab mit Nero in das Haus.)

11. Scene.

Mary. Hermann.

Mary (setzt sich auf die Bank, schließt ihren Sonnenschirm und spielt mit demselben im Sand). Sie sehen mich bereit, mein Herr.

Hermann (steht vor ihr in einiger Entfernung, cavaliermäßig). Gnädige Frau, das Thema, welches ich berühren muß, ist einer Dame gegenüber ein sehr peinliches. Doch das Leben ist in seinen Consequenzen grausam und eine dieser Consequenzen zwingt mich Ihnen eine Bitte vorzutragen. Sie sind die Besitzerin dieser Villa in welcher ich mein Atelier habe. Ich schulde Ihnen einen zweimonatlichen Miethsbetrag und Ihr Verwalter will mich mit Zurückbehaltung meiner Habe, auf die Straße setzen. Ich besitze nicht viel, aber das Wenige, was ich besitze, ist für mich eben Alles, und es verlieren heißt, viel verlieren. Ich richte nun an Sie die Bitte, mir den restirenden Miethsbetrag freundlichst noch einige Zeit zu stunden. Ich habe Aussicht eine feste Stellung zu bekommen und mag es noch so wenig sein, was man mir dort zahlt, meine Schuld bei Ihnen, werde ich jedenfalls sofort begleichen.

Mary. Sie sagten, wenn ich nicht irre, daß Sie studirt haben?

Hermann. Auf Wunsch meines kranken Vaters, nicht aus Neigung widmete ich mich dem Studium der Jurisprudenz, so lange er lebte. Der Verlust seines Vermögens, um das er betrogen wurde, tödtete ihn und ich stand in Folge dessen aller Mittel beraubt da.

Mary (aufmerksam). Ihr Vater wurde um sein Vermögen betrogen? Und wie geschah dies, wenn ich fragen darf?

Hermann. Das Wie ist mir selbst nie ganz klar geworden. Ein Amerikaner, dem ein Agent Schmidt secundirte, soll der eigentliche Urheber des Betruges sein. Sie verwickelten meinen arglosen Vater in eine schwindelhafte Speculation, die seinen Ruin zur Folge hatte, während die Beiden nach Abwickelung derselben, im Besitz seiner Habe waren. Den Namen des Amerikaners habe ich nie erforschen können, da die Papiere meines Vaters als ich an sein Todtenbette trat, verschwunden und trotz eifrigster Nachforschung nicht mehr zu finden waren.

Mary (mit verhaltener Erregung, äußerlich ruhig). Sie heißen Hermann, und dies ist Ihr Familienname?

Hermann (steht unschlüssig).

Mary (in großer Spannung). Nun, mein Herr?

Hermann (entschlossen). Ich sehe keinen Grund, Ihnen die Wahrheit zu verbergen. Hermann ist nur mein Vorname.

Mary (richtet sich, erregter werdend, auf). Und Ihr Familienname?

Hermann (mit Würde). Gnädige Frau, ich bin von Adel, bin Baron, aber dieser Adel war mir, nachdem ich arm geworden, beschwerlich. Man spottet über einen verarmten Edelmann und so nannte ich mich Hermann. Mein wahrer Name ist Hermann von Wildau.

Mary (spannt schnell den Sonnenschirm auf, und verbirgt Ihr Gesicht dahinter; erregt für sich) Er ist es! Welche Fügung! (laut, fast gerührt.) Und Ihre Lage ist eine so traurige, daß Sie selbst mit Ihrer Miethe im Rückstand blieben?

Hermann (mit Humor). Gnädige Frau, ich widmete mich der Photographie mit aller Liebe, allein sie blieb mir die Gegenliebe schuldig — sie ernährte mich nicht. Ich mußte die letzten Ueberreste früherer Herrlichkeit nach und nach opfern; und als ich vorgestern in Folge eines unangenehmen Abenteuers noch das einzige Werthstück, welches ich bisher aus dem großen Zusammenbruch meiner Hoffnungen gerettet hatte — die kostbare Uhr meines Vaters — verlor, da saß ich, wie nie vorher, auf dem Trockenen. (launig.) Ach, diese Uhr — sie war so oft zu einem biederen Hebräer gewandert, der sie gegen mäßige Zinsen in seine väterliche Bewahrung nahm — wer weiß, welcher Hallunke sie jetzt trägt.

Mary (in verhaltener Spannung). Und Sie haben sie in Folge eines Abenteuers verloren?

Hermann. Leider, ja. Sie kam mir abhanden, als ich auf dem Bahnhof eine vermeintlich fremde Dame vor den Zudringlichkeiten zweier Strolche schützte. Das plötzliche Verschwinden der Dame, ihrer Verfolger und meiner Uhr ließ mich leider zu spät erkennen, daß ich es nur mit einer raffinirten Taschendiebin und deren nicht minder raffinirten Helfershelfern zu thun hatte.

Mary (erhebt sich rasch). Eine Taschendiebin? Das ist stark!

Hermann. Wie? Ach, Sie glauben die Geschichte auch nicht?
Mary. Nein, mein Herr! An die raffinirte Taschendiebin glaube ich allerdings nicht.
Hermann (etwas beleidigt). Gnädige Frau — — doch lassen wir das. Darf ich auf Erfüllung meiner Bitte hoffen?
Mary. Ich bedaure, mein Herr, Ihnen für meine Person darauf keine Antwort geben zu können. In Geschäfts-Angelegenheiten wollen Sie sich gefälligst an meinen Verwalter, Herrn Ritsche, wenden. (rasch ab in das Haus).
Hermann (verblüfft ihr nachsehend). Ach, das ist stark! Erst entlockt sie mir alle meine großen und kleinen Geheimnisse, und dann behandelt sie mich so? Ich danke für diese amerikanische Noblesse! O, ich könnte mich selbst ohrfeigen, daß ich mir diese Blöße gab. Solch' herzlose, kalte Kokette! Und sie empfiehlt mir dieser Herr Stubbs als Gattin! Ich danke! Und doch — sie ist so hübsch — sieht so vertrauenerweckend aus — ich glaube, ich war auf dem besten Weg, mich in sie zu verlieben. Unsinn! Aber dem biedern Contrabaß-schwärmer will ich meine Meinung sagen. Drückt mir einen Zwanzig-markschein in die Hand. (er nimmt das Geld aus der Tasche) Am Ende ist der ebenso falsch, wie seine Heirathsspeculation. Nein, echt und nagelneu! (er steht bei diesen Worten mit dem Rücken gegen das Gitter.)

11. Scene.

Hermann. Ritsche.

Ritsche (hat Hermann durch das Gitter beobachtet und das Geld gesehen. Er legt ihm plötzlich die Hand auf die Schulter). Sieh, sieh! Da hätten wir ja Geld zum Miethezahlen!
Hermann (fährt erschreckt zusammen und läßt den Schein fallen). Herr, wie können Sie mich so erschrecken?
Ritsche (hat schnell das Geld aufgehoben). Wird confiscirt als Abschlagszahlung auf die Miethe.
Hermann. Ach, machen Sie keinen Unsinn und geben Sie das Geld her! Es gehört nicht mir.
Ritsche. Die Ausrede kennt man. Was ich habe, halte ich fest.
Hermann (für sich). Alter Schleicher — na warte! (zu Ritsche, bringender und geheimnißvoll). Herr, so hören Sie ein entsetzliches Geständniß — der Schein ist falsch!
Ritsche. Falsch!
Hermann. Ja, er ist falsch! Die Noth — keine Aussichten — in meiner Verzweiflung griff ich zu diesem Mittel — Herr,

machen Sie mich nicht unglücklich und geben Sie mir den Schein zurück.

Ritsche (sehr erregt). Einen Augenblick, mein Herr, einen Augenblick! (er geht einige Schritte zur Seite, betrachtet Hermann mit mißtrauischen Blicken und prüft dann genau den Schein). Großartig! Wirklich großartig! (er tritt zu Hermann und droht ihm freundschaftlich mit dem Finger). Ei, ei, junger Mann! Darum also Photograph! (ganz leise) Aber ich will Sie nicht unglücklich machen. (er nimmt sein Portemonnaie heraus.) Diesen Schein confiszire ich allerdings, indessen — Sie sollen keine Noth leiden — hier haben Sie zwanzig Mark in Gold dafür.

Hermann (nimmt das Geld und blickt Ritsche erstaunt an).

Ritsche (droht ihm wieder freundschaftlich). Ei, ei! Junger Mann. (er geht, sich mehrmals nach ihm umsehend, ab nach der Villa). Ei, ei!

Hermann (sieht ihm lachend nach). Er glaubt wahrhaftig, der Schein sei falsch! Und trotzdem wechselt er ihn mir in blankes Gold um? Das verstehe ein Anderer! Sollte es bei meinem ehrenwerthen Freund Ritsche nicht ganz richtig im Oberstübchen sein?

12. Scene.

Hermann. Panter.

Panter (er trägt einige Kragen, einen Stiefel und eine lange Pfeife). Dies ist Alles, was ich noch vorfand. (mit einem Blick auf dem Omnibus) Meinst Du nicht, daß dafür eine Droschke auch genügt hätte? (Er bringt die Gegenstände nach dem Wagen).

Hermann. Schon möglich! Du hast übrigens den stillen Augenblick der Einsamkeit etwas lange ausgedehnt, lieber Heinrich.

Panter. Ja, ich habe den Kampf in meinem Innern nochmals austoben lassen. Aber mein Entschluß steht nun fest; da sie mich nicht liebt, so ist es am besten, Du nimmst sie. Dir gönne ich sie lieber, wie jedem Anderen. Du wirst ihr ein treuer, liebender Gatte sein — ach! (er betrachtet melancholisch den Frack, den er auf dem Arm trägt).

Hermann. Hast Du etwas Rührendes an dem Frack entdeckt?

Panter. Ach ja! Wenn ich daran denke, daß Du in ihm vielleicht mit ihr getraut wirst — es ist schrecklich!

13. Scene.

Vorige. Balder. Ellen. (durch die Gitterthür).

Balder. Na endlich! Der Weg hat mir warm gemacht.

Ellen (sich umsehend). Ein hübscher Aufenthalt! (erblickt Hermann und Panter.) Sieh, Papa, hier ist ja auch der Herr, welcher sich um die Stellung bei Dir bewarb.

Panter (für sich). Immer nur er — mich sieht sie gar nicht.

Ellen. Und auch Herr Panter.

Panter (sucht erschreckt den Frack zu verbergen). O, entschuldigen Sie! (für sich.) Daß sie mich auch gleich sehen mußte.

Ellen (freundlich zu Hermann). Sie sind Photograph, mein Herr, wie ich hörte? Haben Sie Ihr Atelier hier im Hause?

Hermann (verlegen). Hier im Hause? Nein — oder doch, ja — im Hause.

Panter (für sich). Nur mit ihm redet sie.

Ellen (zu Panter). Sie haben sich wohl bei Herrn Hermann photographiren lassen, Herr Panter?

Panter. Ich? Nein — durchaus nicht, Fräulein Balder — ich bedaure! (für sich). Wenn Sie mich nur nicht immer so freundlich anredete.

Ellen. Ach bitte, Herr Hermann, führen Sie uns gefälligst doch einmal in Ihr Atelier. Ich habe noch nie die Geheimnisse eines solchen ergründet. Du begleitest uns doch, Papa?

Balder. Meinetwegen! (halblaut zu Hermann) Wegen der Stelle reden wir nochmals —

Hermann (freudig). Herr Balder —

Balder. Bitte, bitte, keine lange Rede, lieb' ich nicht! Na, ich denke, wir suchen jetzt meine Nichte und dann führen Sie uns in Ihr Atelier.

Hermann. Ja — mein Atelier. Ganz wie Sie wünschen. (für sich). Die Geschichte kann nett werden.

12. Scene.

Vorige. Mary. Stubbs. Kitsche. Nero. (Alle aus dem Hause.)

Mary. Onkel! Ellen! Mein Gott, warum kommt Ihr denn nicht hinauf?

Ellen. Eben waren wir im Begriff dies zu thun. Herr Hermann will die Freundlichkeit haben, uns sein Atelier zu zeigen.

Mary. Sehr liebenswürdig von Herrn Hermann!

Balder. Na, also vorwärts! Gehen wir hinauf!

Hermann (verlegen). Meine Herrschaften — der Umzug — die Unordnung — Sie sehen mich trostlos —

Balder (ärgerlich). Aber lassen Sie sich doch nicht so lange nöthigen! Wo ist denn dieses berühmte Atelier?

Ritsche (vortretend, hämisch). Gegenwärtig auf dem Verdeck dieses Omnibusses, dessen untere Etage Herr Hermann bewohnt, da ich ihn wegen restirender Miethe aus dem Hause exmittirte.

Hermann (in komischer Verzweiflung, sein Gesicht verbergend). All ihr Himmel fallet über mich!

Ellen. Ein originelles Atelier!

Panter. Und ich dachte, es sei sein Möbelwagen! ⎫
Mary (für sich). Und ich besitze sein Vermögen! ⎬ zusammen.
Balder (entzückt). Atelier und Wohnung in einem Omnibus! ⎭
Das ist großartig — das ist amerikanisch durch und durch! Herr, Sie gefallen mir — Sie sind praktisch. Sie haben die Correspondentenstelle mit 800 — nein, mit 900 Thaler Gehalt. (Alle außer Ritsche geben Zeichen der Freude und Theilnahme.)

Stubbs. Und das war meine Idee! Ja, wir Amerikaner!

(Der Vorhang fällt sehr rasch.)

Dritter Aufzug.

Elegantes Zimmer bei Balder. Links Thüre zur Wohnung, rechts der allgemeine Auftritt von außen. Im Hintergrunde, in der Mitte eine Art Alkoven, der durch Portièren verschlossen ist. Wenn die Portièren geöffnet werden, sieht man das Bett Balders, Nachttisch ꝛc. Es ist Abend und die Lichter brennen.

1. Scene.

Balder (eine Depesche in der Hand und reisefertig). Ellen. Mary. Nero.

Ellen. Willst Du wirklich heute Abend noch fahren, Papa?

Mary. Kannst Du die Reise denn nicht bis morgen verschieben, Onkel? Du giebst mir zu Ehren heute Abend Gesellschaft und willst nicht dabei sein?

Balder. Es geht nicht, Kinder! Es geht beim besten Willen nicht! Diese Depesche ist zu wichtig. Es ist eine Geschäftsangelegenheit, und Ihr wißt, zuerst das Geschäft und dann das Vergnügen. Also adieu, Ellen! Adieu, liebe Mary. (er küßt sie Beide, dann zu Nero) Und nun vorwärts, Mister Nero, trage mir den Koffer zum Wagen.

Nero (nimmt grinsend den Koffer). Very well, mister!

Balder. Nochmals adieu, Kinderchen! Amüsirt Euch gut. (ab mit Nero).

Ellen u. Mary. Adieu, adieu! (begleiten ihn bis zur Thür.)

2. Scene.

Ellen. Mary.

Ellen. Wie schade, daß Papa gerade heute Abend nicht hier ist.

Mary (lächelnd). Sollte Dir das wirklich so leid thun, liebe Ellen? —

Ellen. Du fragst so seltsam!

Mary (nimmt ihren Kopf zwischen beide Hände und sieht ihr in die Augen). Es ist mir so, kleine Heuchlerin, als ob es Dir gar nicht so unangenehm wäre, daß der gestrenge Herr Papa Dir heute gerade nicht die Ehre seiner Ueberwachung zu Theil werden läßt — heute, wo ein gewisser Herr eingeladen ist, der —

Ellen (herausplatzend). Ach, Du meinst doch nicht Herrn Panter? Der ist mir ganz gleichgiltig! Er ist überhaupt jeder ernsten Neigung unfähig.

Mary. Aber ich habe ja Herrn Panters Namen gar nicht genannt! —

Ellen (verlegen). So! Und doch — Du willst mich nur mit ihm necken, ich weiß es. Aber ich sage Dir, ich mache mir gar nichts aus ihm! Gar nichts! Nicht so viel. (schnippt mit den Fingern.)

Mary (lächelnd). Ich glaube es gern. Wer weiß, ob er überhaupt Deiner werth wäre.

Ellen (eifrig). Nein, Mary, so mußt Du nicht sprechen. Herr Panter ist ein guter, ein herzensguter, lieber Mensch, nur durch Papa ein wenig verschüchtert, und ich glaube, jedes Mädchen, liebe Mary, ich sage jedes Mädchen könnte stolz sein, seine Neigung zu besitzen.

Mary. Ei, ei, liebe Ellen, Du nimmst Dich ja des jungen Mannes mit einem Eifer an, der — (Ellen wendet sich ab) na, wende das Köpfchen nicht weg; ich weiß ja doch, was ich weiß.

Ellen (halb ärgerlich). Ach, nichts weißt Du — gar nichts! Komm, laß uns noch ein bischen Toilette machen.

Mary (lachend) Damit wir ihm ja recht gefallen. (Beide links ab.)

3. Scene.

Luise. Stubbs. (von rechts.)

Stubbs. Es ist, wie ich Ihnen sage, mein Fräulein. Sie blasen das „Du, Du liegst mir im Herzen", mit viel Ausdruck und Gefühl — gewissermaßen aus dem Herzen — aber entschieden zu langsam. Ihr Herr Lehrer hat es versäumt, Ihnen das unerläßliche Taktgefühl beizubringen und in dieser Beziehung ist Nachhilfe dringend nöthig.

Luise (seufzend). Ach ja! Das Taktgefühl ging ihm ab — wie wäre er sonst so presto abgereist! (verschämt.) Und könnten Sie sich entschließen, mir diese Nachhilfe angedeihen zu lassen?

Stubbs. Mit Wonne! Wann und wo wollen wir beginnen?

Luise. Wenn es Ihnen recht ist, heute noch und hier. Der alte Herr ist verreist — das Zimmer ist von den übrigen ziemlich entlegen — —

Stubbs. Schön! Die Sache wird sich machen. Sie werden blasen — ich zähle den Takt — 1, 2, 3 — 1, 2, 3 — schade, daß mein Baß noch beim Gepäck ist, ich könnte Sie so schön auf demselben accompagniren.

Luise. Ach, ja! Das müßte himmlisch sein! Nun, vielleicht macht sich die Sache später noch.

Stubbs. Später — hm — hören Sie, Fräulein — wie ist Ihr werther Familienname?

Luise (verschämt). Ziesche — Fräulein Luise Ziesche ist mein werther Name.

Stubbs. Nun denn, Fräulein Ziesche, ich habe Ihnen einen ernstgemeinten Antrag zu machen.

Luise (für sich). Jetzt schon! O er hat entschieden mehr Takt, als der Hautboist! (laut.) Mein Herr, Sie sehen mich verlegen —

Stubbs (feierlich). Der Moment ist allerdings ernst — er entscheidet über Ihre Zukunft! Mein Fräulein! Könnten Sie sich entschließen, mit mir und dem Mohren Nero zusammen, eine Künstlergesellschaft zu bilden?

Luise (etwas enttäuscht). Eine Künstlergesellschaft! (für sich:) Ach, ich dachte an Etwas ganz anderes.

Stubbs. Ja! Große internationale Künstlergesellschaft! Sie blasen die Flöte, ich spiele meinen Baß und Nero bringe ich Pauke und Triangel bei. Wir werden unter meiner Direktion — Direktion Stubbs — Amerika bereisen, und seien Sie überzeugt, das zieht.

Luise (entzückt). Große internationale Künstlergesellschaft! Amerika bereisen! Ein herrlicher Gedanke! Und ist das wirklich serioso gemeint, Herr Stubbs?

Stubbs. Wenn Balduin Stubbs von Musik spricht, so ist das immer serioso gemeint?

Luise. Dann bin ich mit Freuden die Ihre! Ich Mitglied einer Künstlergesellschaft! Großartig! Herr Stubbs, ich werde Ihnen ewig dankbar sein.

Stubbs. Ich bin einigermaßen stolz auf diese Idee, zu der mir freilich Ihr Flötenspiel die Anregung gab. Ich bin ein Mann der Ideen, ich kann nicht leben ohne sie. Wenn Sie nächstens hören, daß meine Wittwe, Mistreß Gordon sich verheirathet — meine Idee! Aber die Idee der großen internationalen Künstlergesellschaft ist bedeutender, weittragender. Sie bringt Gold und Ruhm!

Luise (schwärmerisch). Ruhm! Ach, Ruhm! Auf Gold verzichte ich gern, es ist doch nur Chimäre.

Stubbs. Sagen Sie das nicht so, in Ihrem jugendlichen Leichtsinn! Ohne Gold leben zu wollen, das ist Chimäre! Aber ich möchte gerne baldigst mit Ihnen und Nero eine Probe abhalten. Wenn es Ihnen recht ist, so bringe ich ihn heute Abend mit hierher.

Luise. Natürlich! Heute geht dies vortrefflich. Wenn sie drüben beim Thee sitzen, hört uns kein Mensch.

Stubbs. Gut! Dann werde ich meinen Contrabaß vom Bahnhof hierherbesorgen. Aber die Pauke — hm — die Pauke für Nero? Halt, eine Idee! Wie wäre es mit einem Blech~~extal~~ und einer Reibekeule? Es ist ja nur, damit der Mohr vorläufig im Takt arbeiten lernt!

Luise (eifrig). Ist Alles da!

Stubbs. Schön! Sie glauben nicht, was der Takt in der Musik für eine Rolle spielt! Da legen im gewöhnlichen Leben schon so viele Menschen, den größten Werth auf den Takt; aber, ich sage Ihnen, in der Musik kann man nicht taktvoll genug sein! Immer 1, 2, 3 — 1, 2, 3! Also, Fräulein Ziesche, wir sind einig! Heute Abend großes Trio, Flöte, Contrabaß —

Luise. Blech~~extal~~ und Reibekeule!

Stubbs. Und immer 1, 2, 3 — 1, 2, 3! Ich habe die Ehre! (mit einer Verbeugung ab.)

Luise (ihm nachrufend). Ganz auf meiner Seite, Herr Direktor! Welch ein Mann! Ein Künstler durch und durch! Weit bedeutender als mein Hautboist! Ach, wenn er noch andere Absichten hätte. Frau Direktor Stubbs-Ziesche! Wenn er mir einen Antrag machte, es wäre großartig. (Sie zieht ein brochirtes Buch aus der Tasche.) Man muß auf Alles gefaßt sein, ich will mich gleich ein wenig orientiren.

4. Scene.

Luise. Ellen. Mary.

Mary (im Auftreten). Ich wette mit Dir, daß das Gedicht von Geibel ist.

Ellen. Das werden wir gleich sehen; Geibel muß hier auf dem Tisch liegen. (Sie erblickt Luise, welche sich rasch bemüht ihr Buch in

die Tasche zu zwängen.) Du hier, Luise! Was versteckst Du denn da so eilig?
Luise. O, gnädiges Fräulein, es ist nur ein Buch!
Ellen (lächelnd). Jedenfalls irgend ein musikalisches Werk.
Luise. O nein, es ist nur ein Briefsteller.
Ellen. Ein Briefsteller! Ach, laß doch mal sehen?
Luise (reicht verschämt das Buch hin). Bitte!
Ellen (schlägt das Buch auf und Mary sieht mit hinein). Wirklich — ein Briefsteller.
Mary. Für Liebende!
Luise (verschämt). Und solche die es werden wollen!
Mary. Was steht denn eigentlich in solch' einem Buch?
Ellen. Wir werden es einmal durchblättern, Sie bekommen es nachher zurück, Luise.
Luise. O, ich werde es wohl heute nicht gleich brauchen. Lesen Sie nur ganz con anima! (ab rechts).

6. Scene.

Ellen. Mary. (setzen sich vorn rechts.)

Mary. Ein Briefsteller für Liebende! Wie komisch!
Ellen. Da schlage ich gerade etwas recht Interessantes auf.
Mary (sieht in das Buch). Heirathsantrag eines jungen Mannes.
Ellen (fröhlich). Den müssen wir lesen!
Mary. Für den Fall, daß man Dir einen stellen sollte!
Ellen. Oder Dir! (liest). Hochverehrtes Fräulein! (Hochverehrte Frau! — wenn es eine Wittwe ist.) (lacht). Das bist Du!
Mary. Ich habe dergleichen nicht zu erwarten.
Ellen. Ich erst recht nicht. (liest.) „Verzeihen Sie, wenn ich es wage, Sie mit einigen Worten zu belästigen. Ihre stete Liebenswürdigkeit, das mir so oft bewiesene Wohlwollen sind es allein, die mir den Muth geben mit einem Ihnen vielleicht unerwarteten Antrag vor Sie hinzutreten. Meine Verhältnisse machen es mir erwünscht in den Stand der heiligen Ehe zu treten und da ist denn meine Wahl, wie es bei Ihren so hervorragenden weiblichen Tugenden nicht anders möglich ist, auf Sie, hochverehrtes Fräulein (hochverehrte Frau — wenn es eine Wittwe ist), gefallen. Und so wage ich es denn Ihnen offen zu gestehen, daß ich Sie innig liebe, und daß, wenn Sie mir Ihre Hand zum Bunde für das Leben reichen, Sie mich unendlich glücklich machen würden."
Mary. Das ist in der That nicht übel! (neckend). Was

meinst Du, wenn Herr Panter Dir in Anbetracht Deiner hervorragenden Tugenden einen solchen Antrag machte?

Ellen (etwas ärgerlich). Warum Du mich nur immer mit Herrn Panter aufziehst? Du weißt doch, daß er mir ganz gleichgiltig ist!

Mary. Von mir könnte ich das gerade nicht sagen. Er ist wirklich ein hübscher, junger Mann!

Ellen (gedehnt). So! Findest Du das?

Mary. Ja, das finde ich! Seine Schüchternheit kleidet ihn besonders gut.

Ellen (legt erregt das Buch auf den Tisch). Nun, Du bist ja eine reiche Wittwe. Du brauchst ihn ja nur ein Bischen zu ermuthigen. Vielleicht macht er Dir einen Antrag.

Mary (lachend). Ich will ihn lieber nicht ermuthigen, denn Du würdest es mir am Ende sehr übel nehmen.

Ellen (sich zur Ruhe zwingend, aber eifersüchtig). Ich? (lacht bitter.) Nicht im geringsten! Gar nicht! Nein! Meinetwegen könntest Du zehn Panter heirathen.

Mary. Dafür muß ich denn doch danken, das könnte gefährlich werden. (ein Buch nehmend) Doch da ist der Geibel, sehen wir zunächst nach, wer von uns Beiden Recht hat.

Ellen. Ja, aber gehen wir auf mein Zimmer, um ungestört —

Mary (lachend) Von Herrn Panter weiter zu plaudern.

Ellen. Ach, Du bist unverbesserlich. (Beide links ab.)

7. Scene.

Ritsche. (von rechts, im Frack und mit einem Bouquet.)

Balder ist verreist und die Damen sind allein! Jetzt wäre die beste Gelegenheit, der schönen Wittwe den Antrag zu machen. Ich habe mir die Sache hin und her überlegt. Die Idee dieses Hausmeisters ist gar nicht so übel. Und er muß ja den Geschmack und die Ansichten seiner Gebieterin ganz genau kennen, sonst würde er doch unmöglich so überzeugend gesprochen haben. (er ist an den Tisch gekommen und sieht den offenen Briefsteller.) Was ist denn das? (liest.) Heirathsantrag eines jungen Mannes. Aha, ein Briefsteller! Wem mag denn das Buch gehören? (er besieht die Vorderseite.) Luise Ziesche — Ziesche? Ah, die Köchin des Hauses. Sie hat es hier liegen lassen. Hm; wenn ich die Gelegenheit benutzte! Solche Damen lesen dergleichen nie, ich kann es also ruhig wagen! (liest flüchtig vor sich hin.)

— 48 —

„Der Antrag ist gut, ich benütze ihn. (er murmelt den Inhalt halblaut vor sich hin.) Ganz, wie für meinen Zweck gemacht! Mehr wie abge= wiesen kann ich nicht werden. (Liest weiter.)

8. Scene.

Ritsche, Hermann. (v. d. Mitte.)

Hermann. Ah, Herr Ritsche! Mein freundlicher Exvicewirth.
Ritsche (legt rasch das Buch weg). Herr Hermann! Nun wir sind ja jetzt Collegen!
Hermann. Mit Ihrer gütigen Erlaubniß — ja!
Ritsche (fixirt ihn scharf, halbleise). Ich habe wegen des Zwanzig= markscheins die genaueste Prüfung angestellt.
Hermann (sich ängstlich stellend). Nun — und?
Ritsche. Die Nachahmung ist Ihnen vortrefflich gelungen. Selbst die Reichsbank nahm ihn für echt.
Hermann. Ja, man hat seine Uebung in dergleichen.
Ritsche. Gewiß! Aber, (in einem väterlich warnenden Ton) junger Mann, wissen Sie auch, welche Strafe auf dem Verbrechen der Münzfälschung steht?
Hermann. O ja — Zuchthaus!
Ritsche (nähert sich ihm, fast flüsternd). Das wissen Sie? Na, zum Henker, wenn Sie es wissen und doch dergleichen thun, warum machen Sie denn so kleine Scheine? Das lohnt sich ja gar nicht.
Hermann (ebenfalls geheimnißvoll). Da haben Sie schon recht — aber
Ritsche (ungeduldig). Nun? Aber — aber?
Hermann (wie oben). Mir fehlte das Modell zu einem größeren.
Ritsche. Aha, das dachte ich mir gleich. (Er sieht sich vorsichtig um und entnimmt seiner Brieftasche einen Geldschein.) Ich unterstütze gern hoffnungsvolle Talente! Hier haben Sie einen Tausender — neu und scharf! Darnach machen Sie mal zum Spaß einen anderen.
Hermann. Zum Spaß?
Ritsche. Natürlich, nur zum Spaß! Hähä! Bin neugierig, ob er auch so gut gelingen wird.
Hermann. Gut, machen wir zum Spaß einen.
Ritsche. Das heißt, Sie machen ihn, nicht wir. Bitte mich aus dem Spiele zu lassen. (vertraulich) Na, und wie lange Zeit werden Sie gebrauchen?
Hermann. O, wenn morgen das Wetter gut ist, einen Tag.
Ritsche. So schnell geht das?

Hermann. Einfache Photographie. Papier habe ich vorräthig — kleine Nachhilfe mittelst Farben — voilà tout!
Ritsche. Voilà tout! (bewundernd für sich.) Großes Talent! Kann ein Geschäft werden! Aber Vorsicht! (laut) Na, also bis morgen. Doch jetzt lassen Sie mich voran gehen und kommen Sie etwas später nach. Man braucht uns gar nicht beisammen zu sehen. (nickt ihm vertraulich zu.) Großes Talent — hübsch fleißig sein — hähä! (links ab).
Hermann (ihm nachsehend). J, das ist ja ein recht netter Hallunke, dieser Herr Disponent Ritsche! Und solch einem Schurken schenkt Herr Balder sein Vertrauen? Nun, von amerikanischer Schlauheit zeugt dies gerade nicht! Also ein kleines Falschmünzergeschäftchen gedenken Sie mit mir zu entriren, Herr Ritsche. Na, warte! Läßt sich die Sache etwas kosten — riskirt einen Tausendmarkschein! Ich habe übrigens heute Glück mit dieser Geldsorte. Sie fliegt mir nur so zu! Gestern keine Mark im Vermögen und heute deren viertausend. (er holt ein großes Couvert aus der Tasche und liest den darin befindlichen Brief.) Ein Unbekannter erlaubt sich, Ihnen anbei die Summe von dreitausend Mark zu übersenden. Dieses Geld ist Ihr volles, berechtigtes Eigenthum — kein Geschenk. Man schuldet Ihnen noch mehr — Zahlung wird folgen! (spricht.) Ein unbegreifliches Räthsel — indessen ein schönes Räthsel, dessen Auflösung viel verspricht. Aber, wer mag der Geber sein? Na, zerbrechen wir uns vorläufig darüber den Kopf nicht, sondern genießen in Demuth, was uns das Schicksal so unverhofft bescheert hat. (ab nach links.)

9. Scene.

Panter (in einem sehr weiten Frack) Dieser Kampf in meiner Brust, ich kann ihn nicht weiter kämpfen! Das wird ein Abend werden! Ich soll für Hermann bei ihr reden — bei ihr, die meiner Seele stets das war, was den Blumen der Thau — ohne H — ist. (er setzt sich erschöpft auf den Sessel vorn an den Tisch rechts.) Ob es denn gar kein Mittel gegen diesen Kampf giebt?! Man sagt die Liebe kann nur homöopathisch — ohne H — geheilt werden, das heißt, nur eine Liebe heilt die andere. Ich müßte mich also in eine Andere verlieben. In wen aber?. Es bliebe mir nur die Amerikanerin, die mir Herr Stubbs empfahl. (entschlossen) Ja, ich will versuchen mich in sie zu verlieben. (er erblickt den Briefsteller und liest mechanisch darin.) Heirathsantrag eines jungen Mannes. Heirath ist hier noch mit einem H geschrieben. Diesen Heirathsantrag dürfte ich also Herrn

Balder nicht machen. (er liest murmelnd den Antrag durch.) Der ist gut, den werde ich mir notiren. (er nimmt sein Notizbuch heraus und schreibt den Antrag ab.) Den werde ich Mistreß Gordon ohne Weiteres machen. (liest und schreibt). Verzeihen Sie, wenn ich es wage, Sie mit einigen Worten zu belästigen. (spricht dazwischen.) Nimmt sie mich, dann endet vielleicht mein Kampf. (liest und schreibt.) Ihre stete Liebenswürdigkeit, das mir so oft bewiesene Wohlwollen, sind es allein, die mir den Muth geben, Ihnen zu sagen, (spricht.) der Frack von Hermann sitzt entsetzlich. (liest und schreibt.) Hochverehrte Frau, (spricht.) er schlottert förmlich an mir herum, (spricht und schreibt.) daß meine Verhältnisse es mir erwünscht machen, in den Stand der heiligen Ehe zu treten. (spricht.) Heute Morgen war er mir zu eng — (liest und schreibt.) Und so ist denn meine Wahl auf Sie gefallen, (spricht.) daß man mich auch gerade heute zu diesem Thee — ohne H — einladen muß — (liest und schreibt.) wie es bei Ihren hervorragenden weiblichen Tugenden nicht anders möglich ist. Und so wage ich es denn, Ihnen offen zu gestehen, (spricht.) meinen hübschen Frack hat mir der elende Trödler abgeschwatzt, (liest und schreibt.) daß ich Sie innig liebe — (spricht) für lumpige 7 Mark. (liest und schreibt.) und daß, wenn Sie mir die Hand zum Bund für das Leben reichen wollen, Sie unendlich glücklich machen werden, Ihren treuen Panter! So, das werde ich mir jetzt auswendig lernen — es ist für eine Amerikanerin gerade gut genug. (Er steckt das Notizbuch ein und will gehen, tritt aber, als er die Kommenden erblickt, rasch zur Seite.) Was ist das? Ellen und Hermann in traulichem Gespräch! Sollte er sich schon erklärt haben?

10. Scene.

Panter. Ellen. Hermann.

Hermann. Gestatten Sie mir, mein Fräulein, diesen Augenblick des Alleinseins zu benutzen, um Ihnen meinen herzlichsten Dank für Ihre freundliche Fürsprache bei Ihrem Herrn Papa abzustatten.

Ellen. O bitte, es ist ja so gerne geschehen, Herr Hermann, und hat nicht viel zu bedeuten.

Hermann. Für mich Alles, mein Fräulein, und meine Dankbarkeit wird eine ewige sein.

Panter (der bisher unbemerkt blieb, tritt vor.) Entschuldigen Sie, mein Fräulein, wenn auch ich mir erlaube, Ihnen einen guten Abend zu wünschen.

Ellen (angenehm überrascht.) Herr Panter! Endlich auch da? Sie haben lange auf sich warten lassen.

Hermann (ihm die Hand reichend). Guten Abend, Heinrich!
(leise.) Vergiß dein Versprechen nicht!
Panter. Guten Abend! (senszend zu Ellen.) Gnädiges Fräulein!
Hermann (leise zu Panter). Jetzt sprich für mich, aber mit Wärme mit Feuer! Du kannst auch Bewegungen machen! Mein Frack platzt nicht!
Panter (leise). Ich weiß es — er schlottert ja!
Ellen. Was wollten Sie sagen, Herr Panter?
Panter. Auch ich wollte Ihnen danken für die liebenswürdige Fürsprache, welche Sie meinem Freunde haben angedeihen lassen.
Ellen. Sie sind sehr freundlich, Herr Panter!
Hermann (leise). Feuriger! Der Frack platzt nicht!
Panter. Sie haben Ihre Gunst an keinen Unwürdigen verschwendet, gnädiges Fräulein! Denn mein Freund Hermann, ich glaube es in seiner Gegenwart sagen zu dürfen, ist einer der besten Menschen.
Hermann (laut). Aber Heinrich! (leise zu Panter.) Nur zu! Des Frackes wegen sei ganz unbesorgt!
Ellen (gleichgiltig). Sie sind wohl sehr befreundet?
Panter. Sehr! Zwischen uns besteht eine Freundschaft, eine klassische Freundschaft, wie zwischen Posa und Carlos! Ich Posa, er Carlos!
Hermann (für sich). Oho!
Ellen. Sehr poetisch, Herr Panter! Doch sollte das Bild umgekehrt nicht passender sein?
Panter. Nein, gnädiges Fräulein. Denken Sie, Sie wären die Königin. O, so würde ich für meinen Freund Hermann-Carlos zu Ihnen sprechen, wie Posa sprach.
Hermann. Aber ich bitte Dich, Heinrich! — Wir werden dem gnädigen Fräulein ohnehin schon spanisch genug vorkommen.
(leise.) Bravo! So weiter, Freund Posa im Frack!
Panter. Denn was meinen Freund Carlos betrifft, so weiß ich ganz genau, daß er für Sie eine große Bewunderung hegt. Gleich nachdem er Sie das erste mal gesehen, brach er in eine begeisterte Schilderung Ihrer Anmuth und Schönheit aus.
Ellen (gedehnt). So?! (schnell und pikirt.) Das würden Sie allerdings nicht gethan haben, Herr Panter!
Hermann (leise zu Panter). Bravo Posa!
Panter (verlegen). Ich?! — Unter Umständen — aber ich bin ja Posa und „große Seelen dulden still"! Sie werden meinem

Freunde gewiß nicht zürnen, wenn der Eindruck, den Sie auf ihn machten, ein tiefer, unauslöschlicher ist.

Hermann (laut). "Aber Marquis! (leise:) Bravo!

Ellen (steht auf, halb entrüstet und heftig). Ich glaube gar, Herr Panter, Sie machen mir im Namen Ihres Freundes eine Liebeserklärung! Wie kommen Sie dazu? Daß Sie das thun würden, Sie, das hätte ich nie von Ihnen gedacht! Ich finde das sehr häßlich von Ihnen, gerade von Ihnen, Herr Marquis von Panter!

Panter (ganz bestürzt, für sich). Gerade von mir! Alles was von mir kommt, findet sie sehr häßlich! (laut-verlegen.) Gnädiges Fräulein!

Ellen (mit aufsteigenden Thränen kämpfend). Gehen Sie, Marquis, ich achte keinen Mann mehr! (schnell links ab.)

Panter (ihr schmerzlich nachrufend). O Königin, das Leben ist doch schön!

11. Scene.

Panter. Hermann.

Panter (sinkt in den Stuhl vorn rechts und trocknet sich die Stirn). Von mir! Gerade von mir, hätte sie das nicht erwartet! Sie kann mich nun einmal durchaus nicht leiden. (zu Hermann.) Armer Freund! Du hast Dir einen schlechten Fürsprecher gewählt.

Hermann. Wieso, lieber Heinrich? Im Gegentheil, ich danke Dir. Du hast Deine Sache ganz gut gemacht; fahre so fort und der Erfolg wird nicht ausbleiben. Du bist erschöpft, nimm viel Rum zum Thee, das wird Dich stärken.

Panter. Nein, nein! Das würde nur dem Kampf in meinem Innern neue Nahrung geben. Thee mit Rum, läßt mich Alles doppelt sehen! Doch, geh' nur hinein, ich möchte einen Augenblick allein sein. Das thut wohl — ohne H! —

Hermann. Gut! Erhole Dich, Marquis, damit Du nachher wieder an meiner Seite sein kannst, denn Arm in Arm mit Dir, so fordre ich mein Jahrhundert in die Schranken! (links ab.)

Panter (allein). Es hilft nichts! Ich muß die Homöopathie — ohne H — anwenden, muß der Amerikanerin den Antrag machen. Sie wird mich abweisen, Herr Balder erklärt mich für verrückt und verbietet mir sein Haus, und ich vertrauere in irgend einem obscuren Spezereiladen, hinter Häringstonnen und Petroleumkannen mein freudloses Dasein? Doch zu dem Antrag brauche ich ein Bouquet! Ich werde gleich eines holen. Wie sagte sie doch? Gehen Sie,

Marquis Panter, ich achte keinen Mann mehr! (seufzt.) So verächtlich habe ich ihr das ganze Männergeschlecht gemacht. Es ist entsetzlich! (ab rechts.)

12. Scene.

Mary. Ellen dann Ritsche (von links).

Mary (im Auftreten zu Ellen). Was haft Du denn nur? Du bist ja so erregt?

Ellen. O, ich habe Dir eine merkwürdige Mittheilung zu machen, Mary.

Mary. Du machst mich neugierig! Aber sprich, wir können doch die Gesellschaft nicht so ganz allein lassen.

Ellen. Laß sie nur! Denke Dir, dieser Panter! O, es ist empörend! Er hat mir eine verblümte Liebeserklärung gemacht!

Mary. Also doch!

Ellen. O, ich bin außer mir! Dieser Mensch wagt es —

Mary (verwundert). Ist er Dir denn wirklich so widerwärtig, daß Dich seine Liebe zu Dir so sehr empört?

Ellen (bitter lachend). Liebe zu mir! Haha! — Für seinen Freund, diesen Herrn Hermann, hat er mir eine Liebeserklärung gemacht. O, es ist schändlich!

Mary (ernst und angelegentlich). Eine Liebeserklärung für Herrn Hermann? Ah! Das ist ja nicht möglich!

Ellen. Nicht wahr? — Für diesen abscheulichen Menschen! — Hätte ich lieber nicht für ihn gesprochen.

Mary (pikirt). Abscheulich! Nun, ich finde Herrn Hermann durchaus nicht abscheulich, und wenn ich zwischen ihm und Herrn Panter zu wählen hätte —

Ellen. Würdest Du Herrn Panter wählen!

Mary. Panter? Ich denke nicht daran. Diesen unbeholfenen Menschen!

Ellen (gereizt). Unbeholfen! Du solltest doch ein wenig vorsichtiger sein in Deinen Ausdrücken. Unbeholfen! Pah! Er ist gar nicht unbeholfen! Und wenn er es wäre, so würde mir diese Unbeholfenheit tausendmal lieber sein, als die Schlangenglätte des Herrn Hermann.

Mary (gereizt). Ich weiß nicht, mit welchem Recht Du diesen Herrn hinter seinen Rücken beleidigst!

Ellen (auffahrend). Und ich nicht, mit welchem Recht Du Herrn Panter unbeholfen nennst!

Mary (ebenso). Das ist ganz etwas anderes.

Ellen (ebenso). Nein, es ist genau dasselbe.

Ritsche (von links mit Bouquet). Verzeihen Sie, meine Damen, wenn ich störe!

Ellen (sehr freundlich zu ihm, im Gegensatz zu Mary). Ah! Herr Ritsche! —

Mary. Sie stören durchaus nicht! Im Gegentheil.

Ritsche. Das ist mir angenehm, gnädige Frau, denn ich möchte gerne in einer höchst ernsten Angelegenheit einige Worte an Sie richten.

Mary (verwundert). An mich? Ich denke, unsere geschäftliche Zwiesprache findet morgen statt?

Ritsche. Hm! Geschäftlich ist die Sache gerade nicht, und (mit einem Blick auf Ellen) wenn Sie mir eine kurze Unterredung unter vier Augen gestatten wollten, gnädige Frau —

Mary (stolz). Ich habe keine Geheimnisse vor meiner Freundin, wenn Sie also mit mir reden wollen — dann, bitte!

Ritsche. Nun denn! (feierlich und auf ein Blatt blickend, welches in dem Bouquet versteckt ist). Verzeihen Sie, wenn ich es wage, Sie mit einigen Worten zu belästigen. Ihr Wohlwollen und Ihre Liebenswürdigkeit sind es allein, die mir den Muth geben, mit einem, Ihnen vielleicht unerwarteten Antrag vor Sie hinzutreten.

Mary (erstaunt). Mit einem Antrag?

Ellen (greift überrascht nach dem Briefsteller). Das ist ja —

Ritsche. Meine Verhältnisse machen es mir erwünscht, in den Stand der heiligen Ehe zu treten, und da ist denn meine Wahl, wie es bei ihren hervorragenden weiblichen Tugenden nicht anders möglich ist, auf Sie, hochverehrte Frau gefallen —

Mary. Ah! Ellen, was sagst Du dazu?

Ellen. Ich sage — (liest sehr schnell aus dem Buch). „Und so wage ich es denn, Ihnen offen zu gestehen, daß ich Sie innig liebe, und daß, wenn Sie mir Ihre Hand für das Leben reichen wollen, Sie mich unendlich glücklich machen würden!" (lachend) Wörtlich aus dem Briefsteller für Liebende.

Mary und Ellen (sehen einen Augenblick den vollständig verblüfften Ritsche an und brechen dann Beide in ein herzliches Gelächter aus).

Ritsche. Entschuldigen Sie — ich — ein Irrthum —

Mary (hat das Buch genommen). Natürlich, ein Irrthum! Sie wollten Ihren Antrag der Köchin des Hauses machen und haben in Ihrem Liebesfieber die Personen verwechselt.

Ritsche (beleidigt). Der Köchin? Madame, meine Stellung als Disponent dieses Hauses sollte mich vor einem solchen Verdacht schützen.

Mary. Ah — also Ihr Antrag galt wirklich mir? (spöttisch.) Nun, Herr Disponent des Hauses Balder, dann werden Sie sich schon darüber trösten müssen, daß ich die Ehre desselben absolut nicht zu schätzen weiß. (ihm das Buch reichend.) Um mich aber der Mühe einer mündlichen Zurückweisung zu überheben, wollen Sie gefälligst nur die nächste Seite des interessanten Werkes studiren, aus welchem Sie Ihre Gefühle für mich schöpften.

Ritsche (hat perplex das Buch genommen). Ganz, wie Sie befehlen, gnädige Frau.

Mary. Sie werden da finden, daß die ehrsame und tugend= hafte Wittwe dem Antragsteller ein zierliches Körbchen überreicht, weil sich in ihrem Innern durchaus keine Stimme für den Heiraths= candidaten regt.

Ellen (zu dem immer noch auf das Buch starrenden Ritsche). Seite 43, wenn ich nicht irre, Herr Ritsche.

Mary (ernst). Im Uebrigen muß ich mich sehr wundern, wo= her Sie den Muth nehmen, mir nach so kurzer Bekanntschaft einen Antrag zu machen. Wenn Sie mit solcher Courierzuggeschwindigkeit in die Ehe einlaufen wollen, sollten Sie doch so schnell nicht anhalten, man kommt dabei leicht aus dem rechten Geleise.

Ritsche (stotternd). Gnädige Frau — ich — es ist nicht meine Idee — Stubbs, Ihr Hausmeister meinte — Sie wären nicht ab= geneigt —

Mary (lachend). Stubbs? Ja, wenn er meint — der gute Stubbs, wir sind ihm wirklich Dank schuldig, daß er uns zu einer solch' unendlich komischen Scene verhalf.

Ritsche (verlegen lachend). Hähä! Ja, unendlich komisch. Hähä! Bitte tausend Mal um Entschuldigung. (er wirft wüthend das Buch auf den Tisch und stürzt schnell nach links ab.)

Mary und Ellen (lachen herzlich hinter ihm drein).

Ellen. Das ist wirklich köstlich! (spöttisch.) Aber Du hättest ihn nicht so schnöde abweisen sollen, liebe Mary. Du bist zu grau= sam mit Deinen Anbetern!

Mary (halb ärgerlich). Und Du mit Deinen Scherzen.

13. Scene.

Vorige. Panter. (von rechts mit einem Bouquet.)

Ellen (erstaunt). Herr Panter, blumenbeladen!

Panter (erschrocken). Sie hier — oh! Doch es muß sein! Nur Muth — ohne H — (er nähert sich feierlich Mary, während seiner

Rede, die er ebenfalls im Bouquet hat, von Zeit zu Zeit ängstliche Blicke auf Ellen werfend.) Hochverehrte Frau! Verzeihen Sie, wenn ich es wage, Sie mit einigen Worten zu belästigen. Ihr stetes Wohlwollen und Ihre Liebenswürdigkeit allein sind es, die mir den Muth geben, mit einem Ihnen vielleicht unerwarteten Antrag vor Sie hinzutreten.
Mary (lachend). Das ist ja köstlich! Sie auch?
Ellen (in eifersüchtigem Zorn). Nein, das ist empörend!

Panter (sieht zitternd nach Ellen und fährt dann stotternd und zaghaft fort.) Meine Verhältnisse machen es mir erwünscht, mich in den Stand der heiligen Ehe zu begeben und da sind denn meine Augen, wie es bei — (zitternd nach Ellen sehend.) Ihren hervorragenden weiblichen Tugenden nicht anders sein kann, auf Sie gefallen.

Ellen (unfähig sich länger zu halten, tritt zwischen ihn und die lachende Mary, ihm den Briefsteller aufgeschlagen vor die Augen haltend). Sie haben schlecht memorirt, mein Herr! Sie drücken sich noch viel ungeschickter aus, als es hier steht. Bitte lesen Sie hier ab, lesen Sie! (liest mit zornigem Ausdruck, das Buch dicht vor die Augen Panters haltend, so daß dieser den Kopf mehr und mehr nach hintenüber biegen muß, immer hastiger werdend.) Und so wage ich es denn, Ihnen offen zu gestehen, daß ich Sie innig liebe, und daß, wenn Sie mir Ihre Hand zum Bunde für das Leben reichen wollten, Sie mich unendlich glücklich machen würden. (spricht). So, mein Herr, steht es hier in dem Briefsteller unserer Köchin! Unserer Köchin, aus dem Sie Ihre Weisheit schöpfen. O — es ist — es ist — ich finde gar keinen Ausdruck dafür, was es ist!

Panter (steht vollständig zerschmettert und stiert zu Boden).

Mary (lachend). Ei, Herr Panter — nein — es ist zu drollig — ich kann nicht mehr! Liebe Ellen, vielleicht bist Du so freundlich und liesest Herrn Panter — ohne H — ebenfalls Seite 43 des Briefstellers für Liebende beiderlei Geschlechts vor! Hahaha! (lachend nach links ab.)

14. Scene.

Ellen. Panter. Hinter der Scene Stubbs.

Ellen (sehr erregt). Ah, mein Herr! Hat Ihnen vielleicht auch Herr Stubbs gesagt, daß sich meine Cousine gerne verheirathen möchte? Wie?! So wissen Sie denn, mein Herr, Herr Stubbs hat sich einen schlechten Witz mit Ihnen gemacht! — (erregter.) So! — Und dazu also haben Sie sich heute Mittag diesen weiten Frack von Ihrem Freunde geborgt?

Panter (zieht den Frack enger an sich).

Ellen. Als Sie beim Empfang meiner Cousine in dem engen Frack steckten, thaten Sie mir leid. Jetzt aber gar nicht mehr! Nicht im geringsten, mein Herr! Denn Ihr Herz ist mindestens eben so weit, wie Ihr Frack!

Panter. O, mein Fräulein.

Ellen. Ich bin nicht Ihr Fräulein! (plötzlich weich werdend.) Und ich konnte Sie so gut leiden! Ich dachte so oft an Sie und freute mich immer, wenn Sie kamen, und — ich hielt Ihre Augen für so treu und so ehrlich und jetzt! — (heftig ausbrechend.) jetzt werden Sie mit einem Briefsteller für das Küchenpersonal bei meiner Cousine! O, Ihre Augen sind nicht treu! Falsch sind sie, ganz falsch!

Panter. Verurtheilen Sie mich nicht so rasch, mein Fräulein. Ach, wenn Sie den Kampf in meinem Innern kennen würden! — Ihr plötzliches Interesse für meinen Freund, — Ihre warme Fürsprache für ihn, — ich glaubte, Sie liebten ihn, und da er mich im Namen der Freundschaft beschwor, für ihn zu sprechen, und ich der Ansicht war, daß Sie mich nicht leiden könnten, da sprach ich eben für ihn.

Ellen (aufathmend; freudig). Nur deshalb sprachen Sie für ihn?

Panter. Nur deshalb! Und was sollte ich machen? Um den Kampf in meinem Innern zu tödten, warb ich homöopathisch um Mistreß Gordon.

Ellen (freudig). Also nur deshalb?

Panter. Nur deshalb!

Ellen (gespannt). Sie sprachen von einem Kampf in Ihrem Innern. Was meinten Sie damit?

(In diesem Augenblick beginnt, natürlich gedämpft, hinter der Scene links das Flötensolo Luisens: „Du, du liegst mir im Herzen"; dazu hört man Stubbs den Takt 1, 2, 3 — 1, 2, 3 — zählen. Beides dauert bis zu Ende der Liebeserklärung Panters in kurzen Zwischenpausen fort.)

Panter (muthiger). Was ich damit meine? Ja, Fräulein Ellen, es muß heraus — muß endlich klar zwischen uns werden. Diese herrlichen Töne erklingen zu rechter Zeit — sie verleihen mir Muth und Stärke, den Gefühlen meines Innern Ausdruck zu geben. (zählt unwillkürlich mit.) 1, 2, 3! 1, 2, 3! Ach, entschuldigen Sie! Es ist nur eine einfache Flöte — sie wird sogar, wenn ich nicht irre, falsch geblasen — 1, 2, 3 — aber mir ist es, als juble ein ganzes Wagnerorchester einen Hochzeitsmarsch in meinem Herzen, und zwänge mich auszurufen — 1, 2, 3 — (mit tiefem Gefühl.) „Du, Du liegst mir im Herzen!" (fällt ihr zu Füßen.) Es ist wahr, ich habe Ihrer Cousine einen Heirathsantrag gemacht, aber —

— 58 —

Stubbs (hinter der Scene, laut). Das war ein falscher Griff! (hier endigt die Musik.)

Panter. Ja, es war ein falscher Griff — diese unbekannte Stimme hat Recht, denn nur Sie liebe ich — Sie sind mir das Theuerste — ohne H — auf dem Erdenrund.

Ellen (verwirrt). Sie überraschen mich — bitte, stehen Sie auf, lieber Herr Panter.

Panter (aufspringend). Lieber Herr Panter! Sie sind mir also nicht böse?

Ellen. Warum sollte ich Ihnen denn böse sein? Weil Sie mich lieben? (verschämt.) Ich war Ihnen ja auch immer gut.

Panter (jubelnd). Ellen — liebe Ellen!

Ellen. Haben Sie denn das nicht längst bemerkt?

Panter. O Gott, nein! Ja! Ich weiß es nicht — daher auch dieser Kampf in meinem Innern —

Ellen (ihm herzlich die Hand reichend). Der hoffentlich nun zu Ende ist.

Panter. Todt und begraben — ach, mir ist so wohl, ich möchte die ganze Welt umarmen.

Ellen. Doch nun kommen Sie, unser langes Ausbleiben könnte auffallen —

Panter (ihr den Arm reichend). Mit Ihnen, Ellen, wohin Sie wollen. (Beide links ab.)

15. Scene.

Hermann, dann Mary.

Hermann (den Beiden nachblickend) Was hatten denn die Beiden? Sie sehen so freudig erregt aus. Sollte mein Recept gewirkt haben? Desto besser! Jetzt aber werde ich dieser stolzen Mistreß eine kleine Ueberraschung bereiten. Ich habe sie um eine Unterredung unter vier Augen gebeten, und werde ihr meine Miethe bezahlen. Sie hat mich zwar an meinen sauberen Freund Ritsche gewiesen, aber ich kann mir diese Genugthuung nicht versagen, ihr den Betrag zu offeriren. Sie wird ihn natürlich nicht annehmen — aber mein Zweck, der kleine Aerger, ist erfüllt. Ah, da ist sie.

Mary (von links). Sie wünschen mich zu sprechen, mein Herr?

Hermann (höflich und kühl). Ja, gnädige Frau! Verzeihen Sie, wenn ich es wage, Sie mit einigen Worten zu belästigen. Aber (ironisch) das mir bei unserer letzten Unterredung bewiesene Wohlwollen und Ihre Liebenswürdigkeit lassen mich —

Mary (einfallend). Wie, mein Herr, Sie auch —

Hermann (befremdet). Ich auch — wieso?
Mary (spottend). O, nichts! Fahren Sie fort.
Hermann. Meine jetzigen Verhältnisse machen es mir erwünscht
Mary (erregt). Halt, mein Herr, nicht weiter! Das ist empörend! Das ist eine Verabredung unter den Herren — ist ein schlechter Scherz.
Hermann (für sich). Wie? Miethe zahlen, nennt sie einen schlechten Scherz? Ich habe es immer für bitteren Ernst gehalten. (laut.) Offen gestanden, gnädige Frau, ich weiß nicht —
Mary (erregt). Ich aber weiß, was Sie meinen! (bitter.) Ihre Verhältnisse machen es Ihnen erwünscht in den Stand der heil'gen Ehe zu treten, wollen Sie sagen, und natürlich ist bei meinen hervorragenden Tugenden Ihre Wahl auf mich gefallen. Sie lieben mich innig und wenn ich Ihnen meine Hand zum Bunde für das Leben reiche, sind Sie unendlich glücklich. Sie sehen, mein Herr, ich kenne den Briefsteller für liebende Köchinnen auswendig.
Hermann (erstaunt, ober sehr ruhig). Ich verstehe noch immer keine Silbe, gnädige Frau!
Mary (Rasch). Sie verstehen mich nicht, nun, so muß ich deutlicher werden! Wollten Sie mir nicht eben eine Liebeserklärung und einen Heirathsantrag machen?
Hermann (sehr ruhig). Nein, aber ich wollte Ihnen meine Miethe bezahlen.
Mary (erstaunt). Sie wollten — Ihre Miethe — oh!
Hermann. Ja! Da Sie heute Morgen nicht die Güte hatten, mir eine weitere Frist zu gewähren, und ich glücklicherweise unterdessen in die Lage kam zu zahlen —
Mary (äußerst verlegen). Ich verstehe, entschuldigen Sie, mein Herr — die Miethe — wenden Sie sich an Herrn Ritsche — ich — (losbrechend, für sich). Nur die Miethe wollte er zahlen! O es ist schändlich! (schnell ab nach links).
Hermann (ihr erstaunt nachsehend). Mein Gott, was hatte sie nur? Ich verstehe von all' dem kein Wort! Sie erwartete eine Liebeserklärung aus dem Briefsteller für Liebende? Hm, seltsam! Sollte sie etwa (auf die Stirne deutend). Das wäre ja schrecklich, sie ist sonst ein so famoses Weib! (kopfschüttelnd links ab.)

16. Scene.

Balder (mit Handkoffer, Plaid ꝛc. von rechts).

Balder. Da wäre ich glücklich herein. Niemand hat mich kommen sehen und das ist mir sehr angenehm. Muß ich auch heute gerade den Zug versäumen und kann nun erst morgen früh fahren. Wenn sie das da drüben in der Gesellschaft hörten, würde ich noch überdies schön ausgelacht. Profit, meine Herrschaften, den Spaß werde ich Ihnen nicht machen! Ich lege mich sofort zu Bett, schlafe gehörig aus und da drüben mögen Sie unterdessen Thee trinken und Süßholz raspeln so viel sie wollen. (gähnend.) Ah, ich freue mich ordentlich, mal so recht früh zur Ruhe zu kommen. (ab d. d. Mitte.)

17. Scene.

Balder (hinter der Portiere) dann Luise. Nero. Stubbs. (kleine Pause, dann schiebt Balder leise seine Stiefel hinter der Gardine hervor in das Zimmer).

Balder. (der nicht zu sehen ist.) So! Und nun, gute Nacht Welt! Morgen mit dem Frühzug dampfe ich ab und dann erfährt kein Mensch, daß ich hier war. (man hört ihn gähnen.)
(Luise. Stubbs. Nero (treten leise auf).

Luise (mit der Flöte). Piano, Piano, meine Herren!

Stubbs (mit einem riesigen Contrabaß). Sie meinen also, Fräulein Ziesche, daß wir hier ungestört probieren können?

Luise. Ganz ungestört! Herr Balder ist verreist, die Uebrigen sind drüben im Salon.

Stubbs. Nun, also los! Die Piece ist nicht schwer und wenn Sie sich Mühe geben, haben wir sie in acht Tagen bombenfest studirt. Die Hauptsache ist fortissime einsetzen. Fortissime macht in Amerika immer Furore! Nero, sind Sie bereit? Sie haben doch verstanden? Ordentlich dreinhauen — 1, 2, 3!

Nero (mit großem Blechtopf und Reibekeule, grinsend). O yes! Stark! Hauen! O yes! Bum! Bum!

Stubbs. Aber immer Takt! Ich gebe drei Achtel vor! Dann los! Also, 1, 2, 3!

Alle drei (setzen fortissime ein).
(Die Musik muß komisch und sehr lärmend sein.)

18. Scene.

Vorige dann Mary. Ellen. Hermann. Panter. Gäste.

Balder (reißt entsetzt die Gardine auf. Er ist im Schlafrock mit Nachtmütze). Allmächtiger Gott, was ist denn hier los? Bin ich denn in einem Narrenhaus!
(Die Uebrigen erscheinen unter der Thüre links.)

Stubbs (zu Balder). Nanu, ich denke Sie sind verreist, Herr Balder? —

Balder. Den Teufel bin ich! (wüthend.) Werd' ich nun wohl erfahren, was das bedeutet?

Stubbs (stolz). Das bedeutet die erste Probe der großen internationalen Künstlergesellschaft, Stubbs und Compagnie! Schrumm, schrumm! (Er streicht kräftig über den Baß, Nero schlägt auf den Blechkessel, Alle, außer Balder, lachen herzlich.)
(Der Vorhang fällt rasch.)

Vierter Aufzug.

Decoration des ersten Aufzuges.

1. Scene.

Stubbs. Luise.

Stubbs. Das war gestern eine recht unangenehme Störung unserer Probe.

Luise. Sehr unangenehm! Daß der alte Herr auch den Zug versäumen mußte! Ach, diese Herrschaften sind manches Mal recht rücksichtslos!

Stubbs (achselzuckend). Wem sagen Sie das?

Luise. Aber, ich bin fleißig gewesen, habe das Versäumte nachgeholt. Ich habe die halbe Nacht zur Uebung geblasen.

Stubbs. Sehen Sie Fräulein Ziesche, das gefällt mir; das bekundet Energie, und mit Energie nur kann die große internationale Künstlergesellschaft zu der Bedeutung gebracht werden, die ich ihr zu geben gedenke.

Luise. O, an mir soll es nicht fehlen!

Stubbs (sie wohlgefällig betrachtend). Ich glaube es Ihnen. Sie scheinen mir überhaupt ein unfehlbares Mädchen zu sein.

Luise (verschämt). Herr Direktor, diese Schmeichelei.

Stubbs. Keine Schmeichelei, nur meine innerste Ueberzeugung! Sie haben mir vom ersten Augenblick an imponirt, ihre musikalischen Tugenden sind mir in hohem Grade sympathisch und wenn ich hoffen dürfte, daß Sie — —

Luise (rasch). O bitte, hoffen Sie!

Stubbs. Das Sie nicht nur der großen internationalen Künstlergesellschaft, sondern auch der Direktion persönlich oder frei heraus gesagt, mir, ein wärmeres Interesse entgegen bringen könnten, so würde ich mir erlauben, eine Frage an Sie zu richten, deren Bejahung ihre Beziehungen zu der Direktion zu intimeren gestalten dürfte. —

Luise (verschämt). O bitte, fragen Sie!

Stubbs (ein Paar große, weißbaumwollene Handschuhe aus der Tasche nehmend und sie anziehend, feierlich). Nun denn, so frage ich Sie, Fräulein Luise Ziesche: Sind Sie gewillt die Ehefrau des hier gegenwärtigen Balduin Stubbs zu werden, so antworten Sie mit einem lauten und vernehmlichen „Ja"!

Luise (geziert). Herr Direktor, Sie überraschen mich in der That, ich weiß nicht — —

Stubbs. Capital 4000 Dollars in guten amerikanischen Papieren, mein Contrabaß und ein Herz voll achtungsvollster Liebe!

Luise. Herr Stubbs — —

Stubbs (zärtlich). Ich heiße auch Balduin!

Luise (verschämt). Balduin!

Stubbs (öffnet seine Arme). Luise!

Luise (ihn umarmend). Dein auf ewig!

2. Scene.

Vorige. Hermann.

Hermann. Entschuldigen Sie, meine Herrschaften, wenn ich störe. Ich war schon einmal an der Thüre, allein da Herr Stubbs gerade im Begriff war, Ihnen, mein Fräulein, eine gewisse Frage vorzulegen, so wollte ich diesen wichtigen Moment nicht unterbrechen. Da ich jetzt aber so etwas wie „Dein auf ewig!" vernahm, so darf ich die Sache wohl als abgemacht betrachten?

Stubbs. So ist es, Herr Hermann! (Luise an der Hand fassend.) Als Verlobte empfehlen sich, Luise Ziesche und Balduin Stubbs!

Hermann. Meine herzlichste Gratulation! Jetzt aber rufe ich Ihnen wie der selige Wallenstein zu: „Scheidet", da Herr Balder mich hierher beschied, Mistreß Gordon aber bereits dort im Vorzimmer weilt und jeden Augenblick hier eintreten kann.

Stubbs. Besten Dank für Ihre freundliche Benachrichtigung. Wir werden sofort verduften! Herr Hermann, wir haben die Ehre!

Hermann (sich tief verneigend). Ganz auf meiner Seite.

Stubbs. Bitte! Bitte! Komm Luise! (Beide ab.)

Hermann (ihnen nachsehend). Wackere Leute, aber schlechte Musikanten, um mit Shakespeare zu reden! (erblickt Mary). Ah, da ist sie! Ein schönes Weib, aber herzlos, vollständig herzlos!

3. Scene.

hermann. Mary.

Mary (erblickt Hermann und grüßt). Mein Herr!
Hermann (dankend). Gnädige Frau! (sarkastisch). Es freut mich Ihnen mittheilen zu können, daß ich unsere leidige Geldangelegenheit mit Herrn Ritsche abgemacht habe und nun „schuldlos" vor Ihr Angesicht treten kann.
Mary (lächelnd). Sie scheinen mir durchaus nicht verzeihen zu können, daß ich Sie mit Ihrer Bitte um Stundung der Miethe an meinen Verwalter wies?
Hermann (ernst). Ich kann nicht leugnen, gnädige Frau, daß mich dies befremdete, nachdem Sie sich so theilnahmsvoll nach meinem Schicksal erkundigten und ich Ihnen mittheilte, was ich bis dahin noch keinem Menschen anvertraut hatte.
Mary (träumerisch zu Boden blickend). Ja, ja, ich gebe zu, daß Sie dies befremden konnte.
Hermann (warm). Ihre Persönlichkeit flößte mir so großes Vertrauen ein, und es hätte mich erfreut, wenn — wenn —
Mary (ihn voll anblickend). Nun — wenn?
Hermann. Wenn ich bei so viel Schönheit und Geist auch etwas — Herz gefunden hätte.
Mary. Ah, sie sprechen mir ohne Weiteres das Herz ab. Das ist nicht galant, mein Herr Baron.
Hermann. Nicht diesen Titel, gnädige Frau — ich habe ihn für immer beiseite geworfen.
Mary. Wer weiß! Doch bleiben wir bei unserem Thema. Wenn ich nun für die Zurückweisung Ihrer Bitte einen ganz besonders stichhaltigen Grund gehabt hätte?
Hermann. Ah!
Mary. Wenn ich diese Bitte gar nicht erfüllen konnte, weil ich nicht die Besitzerin der Villa bin?
Hermann. Wie? Und der wirkliche Besitzer —
Mary. Sind Sie selbst.
Hermann. Sie belieben zu scherzen, gnädige Frau.
Mary. Ich scherze durchaus nicht — die Miethe waren Sie sich selbst schuldig.
Hermann. Ich muß bekennen, gnädige Frau, daß ich von alle dem keine Sylbe verstehe.
Mary (lächelnd). Sie sollen sogleich Alles verstehen, wenn Sie mir jetzt verzeihen, daß ich Sie mit einigen Worten belästige.

Hermann. Ah, Sie sind grausam —

Mary. Und herzlos! Sie versicherten mich dessen schon einmal. So hören Sie denn: Mein verstorbener Mann, dem ich, wie ich vorausschicken will, gegen meinen Willen und nur durch traurige Verhältnisse gezwungen, meine Hand reichte, war jener Amerikaner, welcher Ihren Herrn Vater um sein ganzes Vermögen betrog.

Hermann (erschreckt auffahrend). Mister Gordon — gnädige Frau — wäre es möglich?

Mary. O, ihm war noch mehr möglich. Auch meinen guten Vater brachte er durch seine schwindelhaften Manipulationen an den Rand des Abgrunds. Um ihn vor Schande und Entehrung zu retten, reichte ich seinem Verführer die Hand und schützte so die letzten Tage des Vaters vor Elend und Mangel.

Hermann (sehr theilnahmvoll). Gnädige Frau — ich —

Mary (fein). Sie sehen, mein Herr Baron, ein kleines Restchen Herz, wenn auch nur für meinen Privatgebrauch, habe ich mir immerhin noch bewahrt.

Hermann. Sie sehen mich tief beschämt, Mistreß Gordon —

Mary. Bitte, lassen wir das — ich gebe gerne zu, daß der Schein gegen mich war. Hören Sie weiter. Aus den hinterlassenen Papieren des Mannes, dessen schmachvollen Namen ich zu tragen gezwungen war, entdeckte ich, wie man Ihrem Herrn Vater mitgespielt, erfuhr von dessen Tod — von Ihrer Existenz, und auch die Namen der Helfershelfer meines Mannes. Zu diesen zählte — ich bitte dies vorläufig als eine vertrauliche Mittheilung zu betrachten —

Hermann (verbeugt sich).

Mary — auch Herr Ritsche, der jetzige Disponent meines Oheims. Ich kam nach Europa, Herr Baron, um Sie zu suchen — Ihnen Ihr Eigenthum, soweit dies in meinen Kräften steht, wieder zu erstatten.

Hermann (warm). Mir — mir zu lieb machten Sie diese Reise — und zu solchem Zweck! Und ich hielt Sie für herzlos — oh, gnädige Frau, meine Beschämung ist so grenzenlos, daß ich keine Worte finde, sie zu schildern. Werden Sie mir jemals verzeihen können?

Mary (einfach). Ich habe Ihnen Nichts zu verzeihen. Sie haben durch mich so viel gelitten —

Hermann (eifrig). O, bitte, gnädige Frau, sprechen Sie nicht so. Ich werde nie zugeben, daß Sie die Handlungen jenes Mannes, dessen Gattin Sie gegen Ihren Willen waren, als die Ihrigen betrachten. Und deshalb kann ich auch das, was Sie mir bieten, niemals annehmen — auch die 3000 Mark nicht, die offenbar von Ihnen kamen.

Mary. Sie werden Alles annehmen, wenn Sie mir Frieden und Ruhe, die ich so lange entbehre, zurückgeben wollen. (lächelnd.) Fürchten Sie nichts. Es bleibt mir selbst nach der Zurückgabe Ihres Eigenthums immerhin noch soviel, daß ich nicht nöthig habe, etwa — eine Gouvernantenstelle anzunehmen.

Hermann. Dies Alles kommt so überraschend, so völlig unerwartet, daß es mich völlig betäubt. Lassen Sie mir Zeit, mich zu erholen, erst klar mit mir selbst zu werden. (warm). Nur eines weiß ich jetzt schon, daß Sie die edelste, beste Frau sind —

Mary (ihn unterbrechend). Weil ich eine ehrliche deutsche Frau bin? Nichts mehr davon. Ich habe die Ihnen gehörigen Besitztitel, sowie alle darauf bezüglichen Documente meinem Oheim übergeben und bitte Sie, mit ihm alles Geschäftliche in der Angelegenheit zu verhandeln.

Hermann. Ich füge mich, gnädige Frau. Doch noch Eines: Herrn Rütsche, bitte ich, mir zu überlassen. Ich habe, ehe ich um seine früheren Beziehungen zu meinem Vater wußte, mit diesem sauberen Herrn ein kleines Privatgeschäft entrirt, das mir es leicht macht, ihn der Gesellschaft in nächster Zeit schon als entlarvten Gauner zu präsentiren. Dieses Geschäft muß vorläufig noch ein Geheimniß bleiben —

Mary. Welches ich ehre. Verfahren Sie mit ihm, wie Sie wollen. Und so bleibt mir nur noch Eines übrig, mich für den Ritterdienst zu bedanken, den Sie mir bei meiner Ankunft auf dem Bahnhof erwiesen.

Hermann (äußerst erstaunt). Ah, Sie, gnädige Frau, waren —

Mary (lachend). Jene raffinirte Taschendiebin, die mit zwei Gaunern im Complott Sie um Uhr und Kette brachte. Die Werthstücke, welche sich ebenfalls im Besitz meines Oheims befinden, werden mir hoffentlich als vollgültige Legitimation dienen.

Hermann (mit Humor). Gnädige Frau, ich sehe, daß ich mich Ihnen schon auf Gnade und Ungnade ergeben muß und bitte nur um die Vergünstigung mildernder Umstände.

Mary (lachend). Sie seien Ihnen unter der Bedingung gewährt, daß Sie, wenn Ihnen wieder einmal im Gedränge eine Uhr verschwindet, nicht gleich das Schlimmste von Ihren Nebenmenschen denken.

Hermann. Ich verspreche es feierlichst und werde mich bei ähnlicher Gelegenheit nur noch fragen: „Welch liebreizende Dame,

5

welch ein Ausbund von Schönheit und Tugend mag wohl jetzt in den Besitz Deiner Uhr gekommen sein?

Mary. Sie sind ein Spötter.

Hermann (feurig). Und Sie ein Engel —

Mary. Ohne Herz!

Hermann. O nein, mit so viel Herz, daß ich sofort im Stande wäre, frei nach dem Briefsteller für Liebende —

Mary. Eine Thorheit — ohne H — wie Herr Panter sagt, zu begehen.

4. Scene.

Vorige. Ellen. (von links.)

Ellen. Störe ich, meine Herrschaften?

Hermann (für sich). Gerade jetzt! Verwünscht.

Mary. Durchaus nicht, liebe Ellen.

Ellen. Ich glaubte, Herr Panter sei hier, da ich ihn eben in das Haus treten sah.

Mary. Ah, diesen Menschen, der Dir so unleidlich ist.

Ellen (verlegen). Das habe ich nie gesagt.

Hermann (für sich). Aha!

Mary. Der — o, es ist empörend — mir einen Heiraths=Antrag machte.

Hermann (auffahrend). Wie? Ihnen?

Ellen (rasch). O, das that er nur aus Verzweiflung — homöopathisch — weil er mich liebte.

Mary (lachend). Das ist mir neu! Dich liebt er, und mir macht er einen Heirathsantrag.

Hermann. Meine Damen, ich werde Ihnen dieses Räthsel später lösen. Für jetzt nur soviel, daß mein Freund Panter große Kämpfe, ja ich kann wohl sagen, förmliche Schlachten in seinem Innern bestand, weil er Fräulein Balder liebte, aber zu schüchtern war, sich zu erklären. (lächelnd zu Ellen.) Jetzt habe ich alle Ursache anzunehmen, daß dies geschehen ist — bitte, wenden Sie Ihr Köpfchen nicht weg, mein Fräulein — und daß er es gethan, geschah allerdings nicht ohne kräftige Nachhilfe meinerseits.

Ellen (verlegen). Also, lieben Sie mich nicht, mein Herr?

Hermann. Zürnen Sie mir nicht, mein Fräulein, wenn ich diese Frage in gewissem Sinne mit einem „Nein" beantworte; aber (mit einem feurigen Blick auf Mary.) meine Liebe wurzelt in einer anderen

Hemisphäre, ich theile die Vorliebe Ihres Herrn Papa und auch meine Devise ist fortan: „Nur amerikanisch!"

Ellen (erfreut, mit einem Blick auf Mary). O, diese überseeische Schwärmerei macht Ihnen alle Ehre.

Mary (wendet sich lächelnd ab).

5. Scene.

Vorige. Panter. (durch die Mitte.)

Panter. Indem ich die Ehre habe, Ihnen einen guten Tag zu wünschen, meine Herrschaften, bitte ich um gütige Verzeihung, wenn ich so unglücklich gewesen sein sollte, zu stören.

Ellen. Sie haben gar nicht gestört, lieber Panter.

Hermann (leise zu Panter). Nun, Heinrich, wie steht's? Hast Du für mich gesprochen?

Panter (leise). Lieber Hermann, sei mir nicht böse, aber —

Hermann (lachend). Du sprachst für Dich selbst und das war höchst vernünftig.

Panter (erstaunt). Wie, Du bist mir nicht böse?

Hermann. J, Gott bewahre, im Gegentheil, meinen Segen hast Du und meine herzlichsten Glückwünsche für Dich und Deine liebe Braut!

Mary. Auch die meinigen! (umarmt Ellen.)

Panter. Besten Dank! Aber mit dem Bräutigam wird es noch gute Wege haben, denn Herr Balßer —

Hermann. Wird wohl noch einen kräftigen Ton — ohne H — dagegen reden, meinst Du?

Panter (seufzend). Ach, ja! Sind Sie nicht auch der Ansicht, liebe Ellen?

Ellen. Papa sprach allerdings davon, mir einen reichen Mann auszusuchen, wie dies in Amerika Sitte sei.

Panter (ängstlich). Da haben wir's!

Mary (zu Panter). Nun, wenn er seine Einwilligung nicht geben will, so treten Sie Onkel Balder ebenfalls amerikanisch entgegen.

Panter. Amerikanisch? Wie ist das?

Mary. Vor allen Dingen werden Sie kühn und offen um die Hand Ellens!

Panter. Kühn! Ja! Aber er wird sehr unangenehm gegen mich werden.

Mary. Dann drohen Sie ihm, Ellen zu entführen!

5*

Panter. Und er wirft mich zur Thüre hinaus!

Mary (etwas ärgerlich). Ja, wenn Sie auch gar keinen Muth haben, mein werther Herr Panter, dann müssen Sie eben auf Ellen verzichten.

Ellen. Nein, Heinrich, das werden Sie nicht! Sie werden sich als Mann zeigen, wenn Sie mich wirklich lieben, und werden Papa drohen mich zu entführen.

Panter (sehr gedrückt). Gut, ich zeige mich als Mann und drohe ihm mit Entführung.

Hermann. Aber mit Energie, Heinrich, mit Energie!

Panter (kleinlaut). Wenn Du meinst, Hermann, so kann ich ihm ja mal energisch entgegentreten!

Mary. Wenn ich nicht irre, kommt er eben!

Panter (erschrocken). Ach, Du lieber Gott!

6. Scene.

Vorige. Balder.

Balder (in schlechter Stimmung, kurz und schroff). N' Morgen! Aha, große Versammlung hier!

Mary. Guten Morgen, Onkelchen! Hast Du gut geschlafen, nach dem unerwarteten Nachtconcert!

Balder (ärgerlich). Erinnere mich nicht an die verrückte Gesellschaft! Bin übrigens froh, daß ich gestern den Zug versäumte! Habe heute früh Telegramm erhalten, daß die Sache in Ordnung und meine Anwesenheit nicht mehr nöthig ist. Das verwünschte Telegraphiren macht Einem nichts als unnütze Aufregung!

Hermann. Und ist doch so echt amerikanisch!

Balder (ärgerlich). Wie? — Was wollen Sie denn hier? Warum sind Sie nicht im Comptoir?

Hermann. Weil Sie mich hierher beschieden haben!

Balder. So! Hab' ich das? Nun, dann erlauben Sie mir Ihnen zu bemerken, daß ich meinem Personal zu dem Sie doch nun auch gehören, absolut nicht gestatte, vorlaute Bemerkungen zu machen. Meine Herren Comptoiristen reden in der Regel überhaupt erst, wenn sie gefragt werden.

Mary. Aber Onkel —

Hermann. Danke für freundliche Belehrung, Herr Prinzipal. Ich werde künftig nur noch ganz nach Ihrem Belieben auf- und abwarten!

Balder. Gut! (zu Panter.) Was wollen Sie denn hier?

Ellen (leise zu Mary). Papa ist heute sehr schlecht gelaunt.
Balder (zu Panter). Nun, beliebt es Ew. Hochwohlgeboren zu antworten?
Panter (schüchtern). Sie haben werthe Ordre gegeben, daß der Brief, welcher in gefälliger Beantwortung der heutigen Depesche geschrieben werden sollte, Ihnen erst ganz ergebenst vorgelegt werden soll.
Balder (ärgerlich). Na, werde mich wohl etwas anders ausgedrückt haben. Wo ist der Brief?
Panter (den Brief überreichend). Hier, Herr Prinzipal!
Balder (zu Mary und Ellen). Entschuldigt, Kinder! (liest.)
Mary. Bitte, Onkelchen, wir wollen die Herren in ihren Geschäften nicht stören! Komm' Ellen! (leise zu Panter.) Jetzt zeigen Sie sich einmal als Mann und reden Sie mit ihm.
Ellen (leise). Wenn Sie mich wirklich lieben, dann treten Sie Papa jetzt energisch entgegen.
Hermann (leise). Jetzt ist der Augenblick da, wo es gilt Muth zu zeigen, also lege los!
Mary und Ellen (nicken Panter nochmals ermuthigend zu, dann links ab).

7. Scene.

Balder. Herrmann. Panter.

Balder (hat den Brief gelesen und giebt ihn Panter zurück). Es ist gut! Es wäre übrigens gar nicht nöthig gewesen, daß Sie selbst mit diesem Briefe kamen. Sie hätten eben so gut einen Lehrling schicken können. Da Sie aber nun schon einmal selbst gekommen sind, so können Sie auch jetzt wieder selbst gehen!
Hermann (leise zu Panter). Jetzt ist der richtige Augenblick! Nun los!
Panter (macht schüchtern einen Schritt auf Balder zu). Herr Balder! —
Balder (der am Tisch vorn links sitzt, erstaunt). Was wollen Sie denn noch?
Panter (wie vorher). Herr Balder!
Balder (ärgerlich). Ich frage Sie, was Sie wollen?
Panter (nimmt einen Anlauf bleibt aber stecken). Herr Balder, ich —
Balder. Kreuzelement! Was baldern Sie denn fortwährend! Wenn Sie etwas wünschen, so sagen Sie es doch.
Panter. Ich wünsche —!

Balder (auffahrend). Es ist unglaublich! (ihm nachäffend.) Ich wünsche —! Was wünschen Sie?
Panter (wie vorher). Mit Ihnen zu sprechen!
Balder (wüthend). Da hört doch wahrhaftig alles auf! Herr! Wofür halten Sie mich? — Wenn Sie mir sagen wollen, was Sie wünschen, dann müssen Sie natürlich mit mir sprechen. Das ist eine Sache die sich doch ganz von selbst versteht. Also bitte, fahren Sie fort.
Panter (für sich). Wenn ich nur wüßte, wie!
Hermann (leise zu Panter). Jetzt ist es Zeit! Nun mache Deinen Antrag! Vorwärts!
Panter (geht wieder ängstlich einen Schritt vor).
Balder (ärgerlich). Na — wird's bald!
Hermann (leise zu Panter — soufflirend). Ich liebe Ihre Tochter Ellen und wünsche sie zu heirathen! (ihn anstoßend.) Ohne Umstände! Kurz und bündig.
Panter (spricht ihm mechanisch nach). Ich liebe Ihre Tochter Ellen und wünsche sie zu heirathen ohne Umstände; kurz und bündig!
Balder (der ihm bis jetzt halb mit dem Rücken zugewendet saß, fährt mit seinem Stuhl nach Panter herum. Gedehnt nur als habe er nicht recht gehört). Waaas? — Wie meinten Sie? —
Hermann (flüstert Panter, ein Stück von ihm abstehend zu:) Ich liebe Ihre Tochter — und so weiter.
Panter. Ich liebe Ihre Tochter — (zagend) — und — so — weiter.
Balder. Sie lieben meine Tochter — und so weiter?! (Er besinnt sich einen Augenblick, dann springt er auf.) Ah, nun verstehe ich! Mein Compliment Herr Panter — echt amerikanische Idee! Er will sich in das schöne Geschäft hineinheirathen! (sich vergnügt die Hände reibend.) O dieser schlaue Fuchs — dieser abgefeimte Yankee! Und dabei thut er so unschuldig, als als ob er nicht bis drei zählen könne. Hahaha! (sehr gemüthlich zu Panter.) Sehen Sie mal, das hätte ich hinter Ihnen gar nicht gesucht. Also Sie lieben meine Tochter und wollen sie heirathen. Sehen Sie, das gefällt mir von Ihnen!
Panter (glückselig). Sie willigen also ein, Herr Principal?
Balder (vergnügt). I Gott bewahre; fällt mir gar nicht im Traum ein; aber Ihre Idee gefällt mir; ist praktisch durch und durch! Hähä! Liebt meine Tochter, will sie heirathen — und so weiter! Ja, was denn weiter?
Hermann (ermunternd). Na, vorwärts!
Panter. Und Ihre Tochter liebt mich wieder.

Balder. So! — Hat sie Ihnen das gesagt?

Hermann (jouffirend). Oft genug!

Panter. Oft genug!

Balder. So! (vergnügt.) O, dieser Yankee! Stellt sich so schüchtern, verdreht dabei dem Mädchen den Kopf und will sich auf diese Art in die Firma hineinheirathen. Gar nicht so übel! Aber — mein Herr Panter, dagegen hat man in Amerika Mittel und die werde ich auch in Deutschland anwenden. Ich werde Sie einfach aus meinem Geschäft entlassen und jede Zusammenkunft zwischen Ihnen und meiner Tochter unmöglich zu machen suchen. Wenn ich es Ihnen auch nicht im geringsten verdenke, daß Sie auf diese Weise versuchen eine gute Partie zu machen, so können Sie es aber auch mir nicht übel nehmen, wenn ich über meine Tochter schon anders disponirt habe. So! — Was sagen Sie nun, Herr Yankee?

Panter (fest). Daß Sie mir solch' unedle Motive nicht zutrauen dürfen! Ich liebe Ihre Tochter wahrhaft und strebe nicht nach ihrem Reichthum!

Balder. Redensarten! Kenn' ich besser! Das können Sie leicht sagen, — Sie streben nicht nach meinem Reichthum, weil Sie wissen, daß Tochter und Reichthum nun einmal unzertrennlich von einander sind.

Hermann (leise zu Panter). Jetzt werde empört!

Panter. Jetzt werde ich empört! Herr Balder, bedenken Sie was Sie sagen!

Balder. Da ist gar nichts zu bedenken. Ich gebe Ihnen einfach meine Tochter nicht und entlasse Sie sofort aus meinem Geschäft.

Hermann (wie oben). Nun drohe mit Entführung!

Panter. Dann zwingen Sie mich zu thun, was man in Amerika in solchem Falle thut.

Balder (der bisher heftig auf und niedergegangen, bleibt vor Panter stehen, begierig:) Hä? Was thut man denn in Amerika in solchem Falle? —

Hermann (wie oben). Man entführt die Tochter!

Panter. Der Mann entführt die Tochter!

Balder (erstaunt). Der Mann entführt die Tochter?! Nicht so übel! Amerikanisch durch und durch! (geht wieder nachdenklich auf und nieder). Was thäte nun ein amerikanischer Vater in solchem Falle? Die Leute sind doch immer so praktisch, daß sie stets einen Ausweg haben. Hm? — Halt — ich hab's (bleibt vor Panter stehen). Ich sehe, Sie sind gerieben, durch und durch! Mit Ihnen muß man anders reden. Gut! Sie lieben meine Tochter — und so weiter! Sie würden mit ihr ein großes Vermögen erwerben, — das Geschäft ist nicht schlecht und Sie sind gesonnen, es auf alle Fälle zu machen — im Nothfalle sogar das streitige Objekt — meine Tochter — die Sie natürlich ganz auf Ihrer Seite haben werden — zu entführen. Schön von Ihnen! Aber bedenken Sie, daß Sie dann zwar meine Tochter, aber noch lange nicht mein Geld haben und daß es Ihnen doch sehr schwer fallen dürfte, dasselbe zu bekommen. Machen wir also ein anderes glattes Geschäft, Freundchen! Was verlangen Sie, wenn Sie freiwillig zurücktreten? Bedenken Sie, Sie bekommen dann gleich Geld in die Hände! Also fordern Sie nicht zuviel! —

Hermann. Ah, das ist gelungen!

Panter (erregt). Ihr Anerbieten ist beleidigend! Wofür halten Sie mich?!

Balder. Für einen sehr praktischen Geschäftsmann! — Also Sie acceptiren keine Abstandssumme? Ja oder Nein?

Panter. Kurzweg, nein!

Balder. Herr! Sie sind doch verwünscht schlau — smart wie der Amerikaner sagt, sehr smart! Weiß ganz genau, wie Sie calculiren: Was er mir auch als Abstandssumme bietet, ist nichts gegen dem, was ich mit der Tochter erhalte. — Sie gehen auf's Ganze! Na ja, es ist ja auch weit praktischer, eine reiche Erbin zu heirathen, als eine Abstandssumme zu nehmen. Ich bekomme ordentlich Respekt vor Ihnen, Herr Panter! Sie sind ein tüchtiger Geschäftsmann! Ich gestehe zu, Sie sehr verkannt zu haben. Aber, wenn uns auch dieselben Principien leiten, — oder gerade weil sie uns leiten, kann aus der Sache nichts werden. Lassen Sie alle Minen springen, — es soll mich freuen, wenn Sie das Geschäft doch noch zu Stande bringen, aber von meiner Seite können Sie auf jeden Widerstand gefaßt sein. (er wendet sich zum Gehen nach links).

Panter (rafft sich zusammen). Nein! Das geht nicht! Ich muß es ihm sagen, daß ich nicht so niedrig denke. (laut). Herr Balder! ich beklage es tief und schmerzlich, daß Sie mir so unedle Motive unterbreiten. Ich —

Balder (unterbricht ihn). Machen Sie doch nicht so viel Worte! Ich weiß ja, was Sie sagen wollen! Sie fragen gar nichts nach meinem Reichthum. Sie lieben meine Tochter wahrhaftig und uneigennützig und würden an Ihrer Seite in der kleinsten Hütte das höchste Glück der Erde finden und so weiter! Sie sehen, ich kenne das Alles! Aber unter Geschäftsleuten sind dergleichen schöne Worte völlig überflüssig, da weiß der Eine, daß er dem Anderen keinen

Sand in die Augen streuen kann. Das ist nur angewandt im Verkehr mit dem Publikum, — da wirkt es oft sehr gut, das gestehe ich gern, da kann man den Leuten schon so etwas vorschwatzen; ja der tüchtige amerikanisch gebildete Geschäftsmann muß das sogar, — aber unter uns praktischen Kaufleuten selbst ist derartiges einfach lächerlich.

Panter (verzweifelt, für sich). Dagegen ist nicht aufzukommen.

Balder (fortfahrend). Und nun, meine Herren, gehen Sie wieder in's Geschäft. Sie, Herr Panter, lassen sich ein Jahressalair auszahlen und sind so freundlich, mir sofort zu kündigen. Ich werde Ihnen ein vorzügliches Zeugniß schreiben, was ich jetzt mit gutem Gewissen kann, und werde tief bedauern, einen so geschäftstüchtigen, praktischen jungen Mann verlieren zu müssen. (Er tritt zu ihm und reicht ihm die Hand, mit väterlichem Wohlwollen und einiger Rührung in der Stimme). Herr Panter! leben Sie wohl! Trotzdem Sie viel, viel jünger sind, als ich, stehe ich nicht an, Sie mit mir auf eine Stufe zu stellen und zu sagen: Herr Panter, wir Beide sind ein paar der praktischsten und tüchtigsten Kaufleute. (schüttelt ihm warm die Hand und geht dann ernst nach links ab.)

8. Scene.

Panter. Hermann.

Hermann (lachend). Großartig! Einzig! Ich gratulire Dir, praktischster, tüchtigster Kaufmann! Du —

Panter. Ach, Hermann, spotte nicht! Mir ist sehr wehmüthig — ohne H — zu Muthe.

Hermann. Du solltest im Gegentheil, sehr vergnügt sein. Der Alte bewundert Dich um Deines praktischen Sinnes willen, und damit ist bei ihm schon viel gewonnen.

Panter. Hermann, Du glaubst doch hoffentlich an die Uneigennützigkeit meiner Liebe?

Hermann. Gewiß glaube ich daran, allein praktisch war es immerhin, daß Deine Liebe gerade auf ein so reiches Mädchen fiel.

Panter. Kann ich dafür, daß sie so reich ist?

Hermann. Nein! Daran bist Du ganz unschuldig! Jedenfalls aber ist es schwer, eine so vermögende junge Dame ganz uneigennützig zu lieben. Bei einer ärmeren denke ich mir das leichter.

Panter. Du bist ein unverbesserlicher Spötter! Ich aber muß den Kampf in meinem Innern weiter kämpfen.

Hermann. Unsinn! Thue mir den einzigen Gefallen und schließe wenigstens einen Waffenstillstand mit Deinem Innern. Derselbe führt sicher zum Frieden. Bleibe nur Balder gegenüber fest, je standhafter Du seine Tochter begehrst, desto mehr steigst Du in seiner amerikanischen Achtung und schließlich willigt er aus lauter Bewunderung ein. Das kenne ich!

Panter. Ich glaube es nicht! Doch, ich muß jetzt gehen — muß ihm kündigen! Aber einmal muß ich sie noch wiedersehen, muß ihr Lebewohl sagen! Adieu einstweilen, Hermann, adieu! (ab durch die Mitte.)

9. Scene.

Hermann dann Ritsche.

Hermann (ihm nachsehend). Geh' nur, guter Junge! Wenn mich nicht Alles täuscht, bist Du Deinem Ziele näher, als Du glaubst! Denn Fräulein Ellen macht entschieden auf mich den Eindruck, als ob sie bei dem Herrn Papa alles durchsetze, was sie wolle. (komisch seufzend). Ach, ich bin besorgt um Anderer Glück und was wird aus mir selbst werden. Mir ist, als ob ich die Erbschaft des sanften Heinrich, den Kampf im Innern, antreten müsse, wenn Sie mich nicht nimmt! O Mary, Mary, was hast Du aus mir gemacht!

Ritsche (d. d. Mitte). Ah, sieh da, Herr Hermann! (sich vorsichtig umsehend, leise.) Nun, wie steht's? — Haben Sie den Tausender fertig?

Hermann (für sich). Warte Hallunke! (ein Couvert aus der Tasche nehmend, leise zu Ritsche). Hier ist er, und hier das Modell!

Ritsche (vergleicht die Scheine mit der Loupe). Ganz prächtig! Einzig! Nicht von einander zu unterscheiden! (geheimnißvoll.) Nun hören Sie schnell, ehe Jemand kommt! Lassen Sie uns das Geschäftchen zusammen machen! Aber, en gros! Sie geben Ihre Stelle hier auf, was Sie zum Leben brauchen liefere ich Ihnen, Sie machen eine ordentliche Anzahl Scheine, ich gebe sie aus und dann fort nach Amerika.

Hermann. Und wenn man Sie bei der Ausgabe erwischt, dann haben Sie die Scheine, natürlich ohne eine Idee von ihrer Unächtheit zu haben, von mir erhalten. Sie, der wohlhabende, ehrliche Disponent des Hauses Balder sind selbstverständlich unschuldig und ich, der Fälscher wandere ins Zuchthaus. Nichts da! Wenn wir das Geschäft zusammen machen wollen, muß ich erst etwas Schriftliches von Ihnen in Händen haben.

Ritsche. Schriftliches! Hm!

Hermann. Ja! (er zieht ein Papier aus der Brusttasche). Hier unterschreiben Sie diesen Schein, welcher besagt, daß ich auf Ihren Betrieb, mit Ihrem Beistand die Scheine machte.

Ritsche (nimmt den Schein). Herr! Sie gehen sicher! (er-tieft.)
Zwischen Herrn Ritsche einerseits und Herrn Hermann andererseits
— Hm! — Und Hermann ist Ihr richtiger Name?
Hermann. Nein, nur ein angenommener. Doch, das thut nichts zur Sache.
Ritsche. Also ein falscher Name. Hm! Scheinen ein recht bewegtes Leben hinter sich zu haben? Wie?
Hermann. O ja! Sehr bewegt!
Ritsche (wieder den Schein studirend, für sich). Wahrscheinlich ein schon vielfach bestraftes Subjekt! Aber schadet nichts. Sehr geschickter Mensch. Kann Millionen aus der Erde stampfen! (laut) Ich werde das Ding mal näher durchlesen — gehen Sie einstweilen hinunter in das Comptoir, ich habe ohnehin noch mit Herrn Balder zu sprechen.
Hermann. Gut! Doch noch Eins, Herr Ritsche. Darf ich Sie wohl um Rückgabe des Tausender bitten?
Ritsche. O bitte, lassen Sie mir doch das Dingelchen. Es ist so niedlich.
Hermann. Niedlich oder nicht, ich bitte darum. Wenn Sie unterschrieben haben, stehen Ihnen so viele zu Diensten, als Sie wollen.
Ritsche (für sich). Schlauer Fuchs! (den Schein gebend, laut.) Hier mein Bester!
Hermann. Danke, werther Freund! (für sich.) Alter Schurke! (ab d. d. Mitte.)
Ritsche. Er läßt nicht locker mit der Unterschrift. Ja, ja, diese Gauner von Profession sind geriebene Burschen, da kommen wir ehrlichen Leute bei all unserer Klugheit nicht mit.

10. Scene.

Ritsche. Balder. Luise.

Balder (mit Luise auftretend). Ein für alle Mal, dieser sogenannte musikalische Unfug muß aufhören.
Luise. Herr Balder, Sie sind so furioso!
Balder. Furioso oder nicht! Ich habe es satt, mir von Ihnen halbe Nächte lang die Ohren volldudeln zu lassen.
Luise (entrüstet). Dudeln, nennen Sie die holde Musika?
Balder. Ach, entweihen Sie das Wort nicht. Ich nenne das unangenehme Geräusch, welches Sie auf dem durchlöcherten Holz machen, dudeln. Dudeln! Verstehen Sie mich!
Luise. Na, forte genug reden Sie!

Balder (wüthend). Was fällt Ihnen denn ein? Bei Ihnen rappelt's wohl! Sie sind unheilbar musikalisch und das paßt mir nicht.

Luise (mit Würde). Herr Balder, unsere Unterhaltung droht einen peinlichen Charakter anzunehmen, und deßhalb ziehe ich es vor, das Zimmer zu verlassen. Ich werde ohnehin nicht mehr lange die Ehre haben, in Ihrem Hause zu weilen; so lange dies aber geschieht, werden Sie sich schon noch bei dem Gedudel gedulden müssen (stolz ab.)

Balder (ihr wüthend nachrufend). Impert\entes Frauenzimmer!

Ritsche (hat bisher im Hintergrund dem Zank in stiller Schadenfreude zugehört und tritt nun vor). Das Mädchen hat amerikanische Principien, Herr Balder!

Balder (ärgerlich). Hol sie der — Was wünschen Sie, Herr Ritsche? —

11. Scene.

Vorige. Mary. Hermann. (erscheinen lauschend an der Thüre.)

Ritsche (kurz. Ich will Ihnen nur anzeigen, daß ich aus Ihrem Geschäft austrete.

Balder. Was mir sehr angenehm ist. Habe da von meiner Nichte schöne Geschichten von Ihnen erfahren.

Ritsche (hämisch). Es freut mich, wenn Mistreß Gordon Ihnen die Langeweile mit schönen Geschichten vertreibt — sie hat ja Zeit genug dazu. Ich mache mich selbständig, denn ich habe die Lieferung für die Aktiengesellschaft erhalten, um welche wir Beide uns beworben haben.

Balder. Wir Beide? Wieso?

Ritsche. Nun, Sie haben sich darum beworben, und ich war so frei, dies für meine Person auch zu thun.

Balder. Ah so! Sie haben also das Geld, welches ich Ihnen dafür gab, in Ihrem Interesse verwendet?

Ritsche (höhnisch). Wenn Sie die mir zuertheilten und als solche regelrecht gebuchten Extragratificationen meinen, so haben Sie es getroffen.

Balder (empört). Herr, das ist —

Ritsche (höhnisch). Amerikanisch, Herr Balder. Ja, ja, man lernt Etwas von Denen da drüben.

Balder. Herr! — Doch Sie mögen Recht haben. Aber Sie sind ein — Schurke!

Ritsche (giftig). Das sollen Sie mir büßen, Sie —

Mary (vortretend). Halt, kein Wort mehr, Herr Ritsche! Sie sind entlarvt. In den hinterlassenen Papieren meines Mannes fand ich die Beweise, daß Sie den Ehrentitel, den Ihnen mein Oheim soeben ertheilte, in hohem Grade verdienen. Vielleicht erinnern Sie sich noch des an dem Baron von Wildau verübten Betruges, an dem auch Sie hervorragenden Antheil hatten? Sollte Sie jedoch Ihr Gedächtniß hier im Stich lassen, so bin ich sofort bereit, dasselbe durch eine Anzahl Ihrer Briefe aufzufrischen, die Sie damals in dieser Angelegenheit an Gordon schrieben.

Ritsche (erschreckt für sich). Verdammt! So hat der Schurke die Briefe nicht verbrannt, wie er mir sagte.

Mary. Ich habe den Sohn des Barons von Wildau ausfindig gemacht und werde ihm sein Eigenthum zurückerstatten, und wenn Sie nicht die 10,000 Thaler, die auf Ihren Antheil kamen, ebenfalls heimzahlen, so werde ich die Criminal-Polizei von der Sache benachrichtigen. Nun — Sie haben die Wahl, Herr Ritsche.

Ritsche (mit unterdrückter Wuth). Ich werde zahlen, trotzdem es Ihnen schwer fallen dürfte, mir Etwas zu beweisen.

Mary. Gut! Aber recht schnell, wenn ich bitten darf. (Hermann verschwindet unter der Thüre.) Komm Onkel, überlassen wir Herrn Ritsche sich selbst — jedenfalls die würdigste Gesellschaft, in der er sich befinden kann. (links ab mit Balder)

12. Scene.

Ritsche, dann Hermann von links.

Ritsche. Verdammt, daß ich mir das gefallen lassen muß! Aber ich werde Dich doch überlisten, schlaue Dame. Ich zahle die 10,000 Thaler — aber ich zahle sie in falschem Papiergeld und das muß Hermann mir liefern. Er will den Schein unterschrieben haben, ehe er liefert. Gut, er soll ihn haben. (er geht an den Tisch und unterschreibt.) Was kann mir daran liegen, da meines Bleibens in Europa doch nicht länger ist. Er soll mir eine große Summe schaffen und habe ich sie umgesetzt, dann adieu, alte Welt. Ah, da ist er. -

Hermann. Nun, Herr Ritsche, haben Sie sich die Sache überlegt?

Ritsche (leise und dringlich). Bis wann können Sie 50,000 Thlr. liefern?

Hermann. Diese Frage kann ich Ihnen erst beantworten, wenn ich den bewußten Schein in Händen habe.

Ritsche. Schämen Sie sich, so mißtrauisch zu sein. Das ist eine schlechte Eigenschaft, junger Mann.

Hermann (kalt). Mag sein! Aber erst den Schein.

Ritsche (das Papier übergebend). Nun denn, hier ist er. Und wann liefern Sie das Geld? Ich kann es jetzt gerade prächtig verwerthen.

Hermann (ernst). Die Antwort sollen Sie sofort kurz und bündig erhalten. (geht zur Thüre links). Meine Herrschaften, wenn ich bitten darf!

13. Scene.

Vorige. Balder. Mary. Ellen.

Ritsche (ängstlich). Was soll das?

Hermann (Balder den Schein übergebend). Gestatten Sie mir, Ihnen anbei den schriftlichen Beweis zu liefern, daß Ihr Herr Disponent ein weit größerer Schurke ist, als Sie nach dem, was Ihnen Ihre Frau Nichte schon von ihm mittheilte, anzunehmen berechtigt waren.

Ritsche. Herr! Sind Sie wahnsinnig? Sie ruiniren sich und mich.

Hermann. Sie vermutheten vorhin mit Recht, der Name Hermann sei von mir nur angenommen und wünschen wahrscheinlich meinen wahren Namen zu wissen. Jetzt will ich Ihnen denselben gern nennen. Ich bin Baron Hermann von Wildau, der Sohn des von Ihnen in gemeinster Weise betrogenen Mannes.

Ritsche. Tod und Teufel!

Balder. Wie? — Sie sind? —

Mary. Ja, Onkel, — Herr von Wildau, wie ich schon gestern durch Zufall entdeckte.

Hermann (lächelnd zu Balder). Der aber nie mehr ungefragt reden wird.

Balder (verlegen). O, ich! —

Hermann (zu Ritsche). Mein Herr, als Sie mir gestern das Modell zu 1000 Markscheinen gaben, sah ich, daß Sie die Brieftasche voll von solchen Modellen hatten. Sie scheinen, wie alle Gauner, stets Ihren ganzen Raub für alle Fälle bei sich zu tragen. Das freut mich, da ich Sie bitten muß, sofort 30 solcher Modelle wohl gezählt auf den Tisch zu legen; ebenso die Summe, welche Ihnen Herr Balder als jene bekannten Extra-Gratifikationen gab. Dann aber reisen Sie, — weil Sie Ihre Handlungsweise selbst amerikanisch nennen, sofort nach Amerika ab. Sind Sie in 3 Tagen nicht auf dem Schiffe, so wird sich das Weitere finden.

Ritsche (ganz zerschmettert). Ich habe nichts! —
Hermann (trocken). So! Dann werde ich sofort die Criminal=
polizei —
Ritsche (schnell). Nein, nein! Ich werde ja — Alles — be=
zahlen. (er nimmt seine Brieftasche heraus und zählt die Scheine auf den Tisch.)
Hermann (nachzählend). Welch eine Fülle von Modellen! Es
ist erstaunlich, Herr Ritsche.
Ritsche. Ich bin ruinirt!
Hermann. Die Seereise wird Sie wieder kräftigen. Adieu,
Herr Ritsche! Und noch Eines, Herr Compagnon. Ihr Lob als
Falschmünzer muß ich dankend ablehnen. Ich bin in der That kein
so geschickter junger Mann, als Sie anzunehmen glaubten. Meine
Scheine waren so unverfälscht, wie — Ihre Gaunerei!
Ritsche (boshaft). O, Sie — Sie — imitirter Betrüger, Sie!
(wüthend ab.)

14. Scene.

Vorige ohne Ritsche dann Panter.

Balder (zu Hermann). Meinen aufrichtigsten Dank, Herr
Baron, daß Sie mir diesen Gauner vom Halse schafften. Aber,
daß Sie ihn nach Amerika schicken, will mir nicht gefallen.
Hermann. Wünschten Sie ihn hier zu behalten?
Balder. Gott soll mich bewahren!
Hermann. Er findet dort am schnellsten seines Gleichen —
einen Strick!
Panter (eintretend). Herr Prinzipal, meine Herrschaften, ich
komme Abschied zu nehmen — ohne H — aber mit tiefem Schmerz.
Mary. Abschied? Wie!
Balder. Natürlich! Will ja meine Tochter entführen.
Ellen. Auf meinen ausdrücklichen Wunsch, und er wird es
auch thun.
Balder. Schweig. Sag' mal Mary, was macht ein Vater
in diesem Falle bei Euch in Amerika?
Mary. Er reist den jungen Leuten nach!
Balder. Und wenn er sie einholt?
Mary. Dann bringt er sie zurück!
Balder. Und wenn er sie dann wieder entführt?
Mary. Dann reist der Vater ihnen wieder nach!
Balder. Na und wenn er sie wieder hat?
Mary. Nimmt er sie abermals mit zurück.
Balder. Zum Kukuk! Und dann? Was dann?

Mary. Ja — dann —
Balder. Na, was dann?
Mary. Dann segnet er sie!
Balder. Zum Geier! Was braucht er dann erst hin- und herzureisen! Das kann er ja gleich billiger haben.
Mary. Eigentlich ja!
Balder. Wozu ist denn dann die Reiserei?
Mary. Um zu sehen, ob der junge Mann die Sache nicht zuletzt überdrüssig bekommt!
Balder. Hähä! Er wird sich hüten! Herr Panter!
Panter (schnell). Herr Balder!
Balder. Ellen!
Ellen (jubelnd). Papa!
Balder. Ich nehme an, ich hätte Euch schon ein paar mal zurückgeholt, — ich segne Euch!
Panter. O, Herr Balder!
Ellen. Lieber Papa!
Balder. Ist gut! Nur keine vielen Worte. Ich liebe das nicht.
Hermann (komisch seufzend). Ach!
Balder. Nun, Herr Baron, Sie seufzen ja so herzbrechend! Wollten Sie vielleicht auch meine Tochter heirathen und so weiter?
Panter (erstaunt). Baron!
Hermann. Ja, lieber Heinrich, Baron! Doch davon später! Leider aber Baron ohne Baronin, wenn nicht Mistreß Gordon sich meiner trostlosen Verwaistheit erbarmt und — —
Mary (ihm lächelnd die Hand reichend). Nur um Ihnen zu zeigen, daß sie wirklich ein Herz hat, Sie nimmt. Meinten sie nicht so?
Hermann. Ach, ja! (mit Humor). Hochgeehrte Frau! Verzeihen Sie, wenn ich es wage, Sie mit einigen Worten zu belästigen. Ihre stete Liebenswürdigkeit —
Panter (erstaunt). Das ist ja mein Antrag —
Mary (lachend) Um Gotteswillen, nicht weiter — ich nehme Sie auch ohne den Briefsteller für Liebende!
Hermann. Mary, liebe Mary!
Balder. Gefällt mir! Ich segne Euch auch!
Ellen und Panter (gratuliren).

Letzte Scene.

Vorige. Stubbs. Luise. Nero.

Stubbs (Luise an der Hand führend). Wir kommen unsere Entlassung zu erbitten! Meine Braut, Fräulein Zieschke, Herr Nero

Weiß und meine Wenigkeit, gedenken mit dem nächsten Steamer nach Amerika zu segeln und die Neue Welt mit der großen internationalen Künstlergesellschaft, Direktion Stubbs, glücklich zu machen.

Balder (schnell zur Linke). Vergessen Sie um Gotteswillen Ihre Flöte nicht!

Luise (mit Würde). Sie wird noch von mir reden machen! Herr Balder, ich verzeihe Ihnen das Gedudel. Es könnte Ihnen sonst einst wehe thun, daß Sie von einer gewissen Künstlerin, von der Sie noch hören sollen, im Groll schieden. (sie holt die Flöte aus der Tasche). O lassen Sie mich Ihnen zum Abschied noch das schöne Lied blasen — —

Alle (abwehrend). Um Gotteswillen, nur das nicht!

Hermann. Wir sind ohnehin von Ihrer Künstlerschaft vollständig überzeugt.

Luise. Dann bin ich calmato!

Alle (lachen).

Ende des Stückes.